文春文庫

# 最愛の子ども

松浦理英子



文藝春秋

目次

初出誌　「文學界」二〇一七年二月号
単行本　二〇一七年四月　文藝春秋刊

装幀　ミルキィ・イソベ［studio parabolica］

DTP制作　エヴリ・シンク

# 最愛の子ども

# 第一章　主な登場人物

# 女子高校生らしさとは

二年四組　今里《いまざと》真汐《ましお》

女子高校生らしさとは何かというテーマで作文を書くようにと言われましたが、正直、いったい何を求められているのかわかりません。私は別に女子高校生になりたくてなったわけではなく、単に時期が来たので進学しただけです。自分が女子高校生であることに大した意味はないと考えています。

同級生の一人はこの課題作文を「ほんとは現代文の宿題じゃなくて、マスコミか大学に依頼された女子高校生の意識調査なんじゃないの？」と言います。あり得ると思います。大人の男性には、女子高校生の生態に妙に興味を持つ人たちがいますから。

テレビなどを見ていると、女子高校生の間の流行語やら奇抜なファッションやらが、よく取り上げられます。でも、いちばん大きく取り扱われるのは売春などの性的非行で、この話題になるとコメンテーターのおじさんたちの声に、いちだんと熱がこもります。

私の気のせいでしょうか、女子高校生の性的非行について熱く語るおじさんたちの表情は、どこかしら取りのぼせていて、わけもなく気持ちよさそうで、真心から女子高校生のことを心配しているのではなく、何と言うか、なつかない小動物をしつこくかまって楽しんだり腹を立てたりしているように見えるのです。

あの人たちが絶対に変だと思うのは、女子高校生の売春ばかり問題にして、男子高校生の売春には無関心なところです。女性や男性相手に体を売る男子高校生のことは心配ではないのでしょうか。

それに、聞いた話では、男子クラスでは「女子高校生らしさとは何か」というテーマの作文も、「男子高校生らしさとは何か」というテーマの作文も、書けとは言われていないそうです。男子高校生にももう少しかまってあげればいいのに。

こんなかわいげのない作文を書く私は、おじさんたちには嫌われると思います。それはしかたがないことですから、不満はありません。

放課後わたしたちは、担任の唐津緑郎《ろくろう》先生に呼び出された今里真汐が職員室から戻って来るのを、教室で待つともなく待っていた。「きっと昨日提出した課題作文の内容が不穏当だとか何とかいう話だと思う」と真汐本人は言って、教室を出る前に問題の作文の下書きを鞄から取り出して置いて行った。それを回覧したわたしたちが読み終えるごとに口から吐いたのは、「あーあ」「わざわざこんなふうに挑発的に書かなくても」「世渡りへた過ぎ」「こんなんじゃ世の中に出たら苦労するね」のような科白《せりふ》と、苦笑とも憫笑《びんしょう》ともつかない曖昧な笑いの混じった溜息だった。

　わたしたちは上半身を机に投げ出したり、椅子の上にあぐらをかいたり、凝った首や肩をぐるぐる回したり、携帯電話をいじったり、手の爪にサインペンで唐草模様を描いたりと、思い思いのやり方で時間をつぶしていた。三時半を過ぎていたから陽の光は黄色みを帯び、いつだったか草森恵《え》文《ふみ》が的確にたとえた通り「時間をかけてとった出し汁」を思わせる色で、そんな濃い匂いのしそうな光に満たされた教室にだらしなく溜まっているわたしたちは、これも恵文のことばを借りれば全く「煮くたびれた出し殻」だった。

　黄色い光の溜まりの真中に舞原日夏《まいばらひなつ》がいた。椅子に横向きに腰かけ片肘を椅子の背に置き足を組んでいるポーズそのものはありふれているのに、クラスで最も落ちつきがある日夏は、他の者が頭とはらわたをむしられた煮干しだとすると、たまたま頭とはらわたがついたまま鍋に放り込まれた堂々たる煮干しに見えた。日夏は真汐の夫だ。〈夫〉というのが具体的に何を意味するのか言える者は誰もいないけれど、日夏と真汐は夫婦同然の仲と見なされている。だから、真汐の作文の下書きをいちばん初めに読むのは日夏だし、全員が目を通した後は日夏に返される。佐竹由梨乃《ゆりの》の差し出した原稿用紙を片手で受け取って机の上に落とす動作の無造作さに、木村美織《みおり》が声を上げた。

「今の日夏、人民から陳情書を受け取る女王様みたいだった」

由梨乃は「え？　わたし人民なの？　身分低いの？」と納得が行かない様子を見せ、日夏の方は薄い笑いを浮かべ美織にちらりと目をやった。由梨乃の科白には誰も取り合わず、起こった議論は日夏の性別の設定をめぐるもので、「女王じゃなくて王じゃないの、日夏は？」「真汐の夫が女王っていうのも変だしね」「まあでも髪も長いし男に見えるわけでもないし」「〈夫〉っていうのはこの場合、便宜上の呼び方でしょ。そもそも女同士の組み合わせなんだから」云々の討論は、「性別設定なんかその時々の都合に合わせて変えればいいんだよ」という田中花奈子《かなこ》の発言によって一応の決着を見た。

みんなが静まるのを待って日夏が口を開いた。

「この課題作文が意識調査なんじゃないかって言ったの恵文？」

教室の後ろの方をうろうろしていた草森恵文が足を止めて振り返った。

「うん。よけいなこと言っちゃったかな。まさか真汐の作文に登場させられるとはね」

「主人公に悪影響を及ぼす登場人物」

読んでいる分厚い本から目を上げないまま、人差指を立てて恵文を差したのは久武冬美だった。指差された恵文は「また表紙の折り返しに主な登場人物の載った小説読んでるの？」と言いながら冬美の手から本を奪い取り、かけられていたカバーをめくって表紙を一瞥すると「あっ、斑尾椀太郎《まだらおわんたろう》先生でしたか」と動揺した声を上げ、本をそのへんの椅子に置いて「これはたいへんな失礼を」と床に膝をつき本に向かって土下座した。冬美は恵文を冷たく見下ろして「わたしが主な登場人物の載ってる本しか読まないと思い込んでるでしょ？　人をバカにしてるとしっぺ返しを喰らうんだよ」と逆襲した。恵文は「バカにしてないよ、冬美も、どんな本も。からかいたかっただけ」と言いわけした後も、両手を合わせて「椀太郎先生、この作品もたいへん面白く……」云々とぶつぶつ拝《おが》み続ける。

教室の扉は前方のも後方のもあけっ放しになっていて、廊下を行く生徒たちが通りすがりに居残っているわたしたちに目を向け、何をしているのだろうという顔をする。何人かの男子生徒はわざわざ首を伸ばして覗き込む。首が引っ込むと間もなく、男の集団の野太い笑い声の合唱が沸きたち、遠ざかって行く。今のわたしたちはやつらが笑う理由には興味がない。わたしたちの視線は自然に日夏に集まっていた。切り出したのは二《に》谷郁子《たにいくこ》だった。

「真汐にさあ、要領よく生きて行く術《すべ》を教えたらどう？　夫として」

「あの子はね、あの意固地なところがたまんなくいいの。中等部の頃からね」

日夏の明快な答を聞くと、郁子は持っていたスポーツ新聞を丸め、マイクに見たてたのか、人差指の延長のつもりなのか、日夏の顔に向けて突き出した。

「じゃあ、これからも意固地なままで苦労してほしい？」

「うん。ずたずたに傷つくところが見たい」

「本気？」

「だって、そう思わない？」

「そうねえ。ぼろぼろになったあげくに人を殺《あや》めたりして……って、何妄想してるの、わたしは」

郁子は自分を正気づけるかのように丸めた新聞を宙に放り投げた。

「痛」

声を上げたのは冬美で、恵文がいっこうに返してくれない本を取りに立ち、戻ろうと方向転換した時に、ちょうど郁子の投げた新聞が頭の上に降って来たらしかった。

「ごめんごめん」あやまりながらも郁子はこらえきれない様子で笑い出した。「冬美って運悪そうだよね。ヤシの木陰で昼寝したら絶対ヤシの実が頭に落ちて来るよ」

「そんな危険な所で昼寝しないよ」

冬美はスポーツ新聞を拾って郁子に投げつけた。郁子は新聞を胸元で受け止めた後も、まだ笑っている。

魂の縁取り

小さな騒ぎの中に須永素子の声が割り込んだ。

「ちなみにその新聞、わたしのだよ」

「悪い、ダル様載ってるの？」

郁子があわてて振り向くと、素子は机の上のクリア・ファイルをいとおしげな目で見下ろしている。クリア・ファイルの中で微笑んでいるのは、日本ハムファイターズの帽子をかぶったダルビッシュ有《ゆう》選手だ。

「いいの、もう切り抜いて保護してあるから」

その間黙っていた者たちは、それぞれ日夏の言ったことを胸の内で咀嚼《そしゃく》し、思いもかけず知らされた日夏のエキセントリックな感性をどうやって処理するか――頭の片隅にしまっておくか、忘れるか、自分の好みにかなうように加工して記憶するか――面白がりながらも、いくらかは真剣に考えをめぐらせていただろう。だから、穂苅希和子《ほかりきわこ》が「空穂《うつほ》はどう思うの？」と日夏と一つの椅子を分け合ってすわっている薬井《くすい》空穂に尋ねた時は、みんな感情の捌《は》け口が見つかってほっとしたはずだ。

「真汐ちゃんのこと？　意固地なところは直した方がいいと思う」

日夏と真汐〈夫婦〉の〈子ども〉とされている空穂は、恐れげもなく答えた。空穂は、前の席にすわっている花奈子と一緒に、紙に何やら熱心に描き込んでいた。「生意気い」と美織が目をむき「言わせといていいの？」と煽るように日夏に尋ねた。日夏は「まあ、問題点は後でまとめてかたづけるから」と余裕の微笑みを見せて、空穂のいる側に頭をめぐらせ「どうすれば直せると思う？」と問いかけた。空穂は今度も顔を上げず手も休めず答えた。

「わからないけど、とりあえず願をかける。今ちょうどかけてるとこなの、花奈ちゃんに手伝ってもらって」

「落書きしてるだけじゃないの」

覗き込んだ希和子は、空穂と花奈子が真汐の作文の下書きの書かれた原稿用紙の端に、細密な模様を描き入れているのを見て、「何それ？」と怪しんだ。

「真汐ちゃんの魂の縁に、少しばかりの潤いと華やぎが備わるように祈る儀式」

「え？　そうだったの？」花奈子が言った。「ただの暇つぶしだと思ってた」

日夏が机に向かうかっこうにすわり直した。他の者たちも日夏と空穂のいる席のまわりにわらわらと集まり、原稿用紙の上下の幅三センチほどの余白に、ジャングルの樹や草花、鹿や牛や山猫の類の動物が、「ラスコーの壁画みたい」「バリ島のバティックの柄みたい」「ナスカの地上絵みたい」「オーストラリアの先住民の絵みたい」と口々にたとえられる筆致で描かれているのを見た。空穂と花奈子の作業は執拗なほどに丁寧で、空白を残さずべったりと描き込んだ絵模様には、確かに何やら念が籠もっているように映った。左右の余白にはまだ簡単な線しか引かれていないが、時間が許せばそこも絵模様で埋められるのだろう。

縁取りの完成した原稿用紙を目に浮かべれば、なかなか美しく趣きがあるのだけれど、美しい紙の中心には真汐のむき出しの思いが記されているわけで、縁取りが真汐の思いの熱さを鎮める作用を及ぼすかといえば、むしろ真汐の魂を称揚し盛りたて今のままに保つ役割を果たすように思えた。そういうふうに思い描いてしまうのは、真汐の反逆心があまりにも強いせいだろうか。真汐の筆跡もデザインが施されているかのように、個性的で見映えがする。花奈子は二年四組随一の絵描きだが、真汐の書く字のかっこよさは花奈子の描線と比べても見劣りがしない。でき上がるのは真汐の魂を守る護符ではないのか、というところまで想像が進むのも道理だった。

日夏はどんなことを思ったのか。「遊んでるだけでしょ?」と言って、隣の空穂を肘で小突いた表情はふだんと変わらない。顔つきがかすかに変わったのは、空穂が「神聖な儀式の邪魔をしないで」と抗議した時だった。

「神聖かどうか知らないけど、真汐が帰って来たら言ってみな。真汐の意固地な性格が直るのを祈る儀式をしたって。喜ばれると思う?」

空穂は「まずい」という顔をした。わたしたちは日夏に便乗して「そりゃ真汐は不愉快だよね」「怒るよ」「空穂、ママに棄てられるね」とつつき始めた。花奈子が「怒られるのは空穂だけだよね？　わたしは平気でしょ？」と尋ねると、日夏は「もちろん」と答えてから空穂の方を向き、楽しげに「さあ、どうする？」と訊きながら、人差指と中指の甲で空穂のやわらかそうな頰をひたひたと叩いた。ますます困った顔になった空穂が「ちょっと待ってよ。黙ってればすむ話でしょ」と訴えると、日夏は「わたしが話すよ」と宣告した。「だったらわたしも、日夏が『真汐がずたずたに傷つくところが見たい』って言ったの、話すよ」と懸命に抗《あらが》った空穂を嘲《あざけ》るように、「全然かまわないよ。わたしと真汐の仲はそんなことじゃ揺るがないもん」と応じて日夏は、空穂の頰を指先でぐいと押した。そのまま、遠慮のないぞんざいな手つきで頰肉をこねるように指を動かし始めた。空穂は日夏と真汐のものだから、日夏と真汐は空穂に対して何をしてもかまわないのだった。

「恐ろしいね。父親が子どもに向かって『おまえはママの悪口を言ったね。ママが帰って来たら言いつけるよ』と脅すなんて」

恵文はそう言った後、ぶらぶらと教室の後方の小黒板に向かって歩いて行った。他の者たちが恵文の描いて見せた恐怖の家庭劇に身震いしている時、それまでの流れとは無関係に、だしぬけにその問は放たれた。

「日夏と真汐って肉体関係あるの？」

わたしたちの誰もが一度は抱くものの決して尋ねる勇気の出ない疑問を、この時希和子がなぜ口に出すことができたのか、後で訊けば「眠くてちょっとぼんやりしてたから、口をついて出たんだと思う」とのことだった。日夏がこんな立ち入った質問にバカ正直に答える人間ではないのは言うまでもなかったが、ふだん抑えつけている質問が解き放たれたために、わたしたちは顔が赤くなる思いがし、胸はときめきに似た鼓動を搏《う》った。日夏が怒り出すか、辛辣なことばで切り返すのではないかという不安もあって、日夏が空穂の頰に遊ばせていた手の動きを止め希和子に顔を向けるまでの間が、随分長く感じられた。

日夏はにっこりと笑った。

「もったいないから教えない」

質問した希和子自身が緊張していたらしく、ほっとした表情で「そうね、もったいないよね」と冴えない相槌を打った。美織が「希和子って自分の親にも『お父さんとお母さんはまだセックスしてるの？』って訊きそうだよね」と言い、希和子は「訊くわけないでしょ」と目を丸くしたが、まわりのわたしたちは「いや、訊くでしょ」「お祖父さんとお祖母さんにも訊きそう」「隣の家のおじさんとおばさんにも訊きそう」と集中砲火を浴びせた。そこへ「うわ、舐めた」という日夏のうめくような声が響いたので、見ると日夏が空穂の顔に触れていた手を空穂の制服になすりつけていた。「やめて。自分の唾は汚ない」と身をよじる空穂に「人の唾はもっと汚ないんだよ」と返す日夏は、ほんとうに舐められたのをいやがっているように見えた。

「愛する子どもでも唾液をつけられるのはいやなんだね」

そう言った恵文は、教室の後ろの小黒板の所でチョークを手にしていた。

「何書いてるの？」冬美が歩み寄り、小黒板の文字を読んだ。「『主な登場人物』って、これ何？　久武冬美？　わたし？　目撃者？　どういう意味？」

「久武冬美」の名前と二文字分ほどのスペースの後に「目撃者」と書かれているのだった。

「目撃者って何の？　田中花奈子、目撃者、絵描き。絵がうまいから？　二谷郁子、目撃者、ピアニスト。ピアノ弾けるもんね。でも、みんな目撃者なの？」

冬美が騒いでいる間に、教室の前の扉口からテニス・ウェアに身を包んだ井上亜紗美と鈴木千鶴が入って来た。千鶴が報告する。

「真汐、職員室の所の廊下で藤巻先生と話してたよ」

「藤巻さんと？　何で？」由梨乃が不思議がった。

「何でか知らないけど。仲いいんじゃない？　あの二人」

「仲いいの？」

質問が日夏に向けられた。日夏は首をかしげて見せた。

亜紗美と千鶴が「じゃあね」と手を振って教室を出て行こうとした時、郁子が「千鶴、アンブレラ」と呼びかけて、いつも教室に置いてある安物のビニール傘を横向きにして放り投げた。千鶴ははっしと受け取って「またあ？」とややおっくうがる声は出したものの、両端を握った傘を頭の後ろ、肩の上にかまえた後、突き出すように持って一回転し、さらに体の後ろで床に立てると背中を反らし決めのポーズを取る。わたしたちはバルバドス出身のR&B歌手に似た面差しの千鶴が、その歌手の何度目かの物真似をしてくれたのを喜び、「かっこいい、千鶴、リアーナそっくり」「足きれい」「顔、濃い」と喝采した。「はいはい、日本人としては濃過ぎる顔だけど、リアーナだと思えば可愛く見えるって言うんでしょ」という千鶴のぼやきを残してテニス部の二人は引き上げた。

教室の後ろからはチョークが黒板に当たる硬い音が聞こえる。それを追うように冬美の声も。

「井上亜紗美、目撃者。鈴木千鶴、目撃者。藤巻英洋《ひでひろ》、生物教師。ねえ、何なの、これ？」

日夏が後ろを向いて尋ねた。

「配役表？　恵文は何の役なの？　フィクサー？」

「めっそうもない」恵文はかぶりを振った。

「恵文、時々ことばが年寄りっぽい」感想を挿んで、なおも律義に冬美は読み上げる。

「草森恵文、記録者？　ええー、なんか偉そう」

「じゃあ、日直にしとこうか」

恵文は掌でぐいと字を消したが、「やっぱりやだ」と元通りに「記録者」と書き直した。

日夏が腕時計を見たのをきっかけに、何人かが携帯電話を手に取り、ある者は鞄から鏡を取り出し、ある者は机に突っ伏し、教室にだれた空気が降りて来た。待っているのには飽きた、でも腰を上げるのも面倒臭い、だからだれるにまかせるわたしたちはいよいよ煮詰められて、煮汁のような陽光はますます色を濃くしたようだった。

汚れなきものを踏みにじるステップ

不意に廊下でばたばたと足音がしたかと思うと、一人の男子生徒が前の扉口から教室の中に倒れ込んで来て、脇腹を下にして床を半メートルほどすべった。あわてふためいたその男子が顔を真赤にして教室を飛び出して行くと、廊下で男の集団の濁った笑い声がドラム・ロールのように響いた。同じような悪ふざけで男子が女子トイレに放り込まれることも時々あるので、わたしたちは「またか」という気持ちで、無言で携帯電話のチェックをしたり、鼻筋を脂取紙で押さえたり、足をかいたり、苦笑いをするばかりだった。

そうしていると、今度は別の男子生徒が扉口に立った。背筋をまっすぐ伸ばし、よくブラシのかけられたブルー・ブレザーには型崩れもなく、ネクタイもきっちりとセンター・ディンプルを作って結び、顔立ちも端正なその男子は、なじみの場所ででもあるかのように、ためらいのない足どりで教室に入って来た。廊下で鋭い口笛が鳴った。男子生徒は凶暴な気配もしなかったが愛想もほとんどなく、正体不明の感じだけが強くあった。わたしたちが静まり返って見つめていると、男子生徒は日夏の前で足を止めた。

「舞原さん」呼びかけてブレザーの内ポケットに手を入れた。「これを」

小さく折りたたまれた紙が取り出された。封筒に入っていない裸の紙はラブ・レターの類ではなさそうだったが、何事か起こりそうには違いなく、わたしたちの胸はざわめいた。が、紙は宙にとどまっていた。日夏が腕組みをしたまま受け取ろうとしないからだった。男子生徒は少しの間自分の顔に視線を据える日夏と見合った後、手渡すのは諦めたらしく軽く頷いて品よく微笑し、紙を日夏と空穂のいる机の上に置くと、外国映画に出て来る大人の男のように優雅な動きでひらりと身を翻し、退場の途についた。

「日夏、あの子知ってるの？」

花奈子が尋ねた。日夏は男子生徒の背中を冷たい目で見送りながら答えた。

「見憶えはあるけど」

隣で空穂がはしゃいだ声を出した。

「何だろう？　エロ写真じゃないかな。見ていい？」

わたしたちが期待をこめて見守る中、空穂は紙を取り上げた。紙はコピー用紙で、八つに折られているのを開くとＡ４サイズになった。開ききったのを覗き込むと、空穂は目を見開いてぼそっと言った。

「ほんとにエロだ」

わたしたちは先を争って日夏と空穂のまわりに群がった。紙にはインターネットからダウンロードしたらしい画像が印刷されていて、どういう画像かというと、つけ根から先端までが五十センチほどもある嘘臭い乳房を垂らした金髪の白人女性が、髪の色とは違う赤茶色の陰毛も露わな全裸で、浴室らしいタイルの上でポーズをとっているものだった。「ぎゃあ」「しょうもない」「加工画像？」「化《ば》け乳《ちち》」「これならうちの兄貴の方がもっと笑えるの持ってる」などと、わたしたちはそれなりに昂奮して感想を述べ合ったのだけれども、日夏は表情のない顔を扉口の方に向けていて、その視線の先には当然、日夏の反応を見ようと覗いているいくつかの頭があった。

日夏はおかしな画像の紙を払い落とした。扉口の方からは「気取ってんじゃねえよ」と声が飛んだ。日夏は動じず、足を伸ばして床に落ちた紙をどんと踏んだ。そのまま立ち上がり、紙の上で足踏みする。小刻みな足踏みが踊っているように見える、とわたしたちが思うと、腰を使い始めた日夏の動きはほんとうに踊りっぽくなって行った。足音には強弱のアクセントがつき、腰はしなやかにくねり、軽い腕の振りも加わって、日夏はエロ画像の上で踊っていた。扉口の男子たちは黙って見つめている。最後に日夏は、どす黒く汚れ破れ目の入った紙を蹴った。

「日夏って踊れるんだね」と素子が感嘆すると、郁子が「知らなかった？　たまに踊るよ」と教え、希和子も「闘いの踊りしか踊らないんだって」と説明を添え「何だっけ？　ステップに名前つけてたでしょ、何かを踏みにじるステップって。何だっけ？　ルールを踏みにじるじゃなくて、前例を踏みにじるじゃなくて、何を踏みにじるんだった？」と日夏の方を向くと、もう元の席にすわっていた日夏は「人間の尊厳を踏みにじるステップ」と答えた。

「それ違う」希和子は首を振った。

「汚れなきものを踏みにじるステップ」

「嘘だ、そんな偽悪的なのじゃなかった。弱き心を踏みにじるでもなくて、ああ、何でちゃんと教えてくれないの？」

希和子はじれるが日夏はにやにや笑うだけで答えない。

男子生徒たちは白けた表情で一人、二人と扉口を離れいなくなった。静まった教室に恵文のチョークの音が鳴り渡った。もう冬美は読み上げようとしなかったが、黒板には「男子　通行人または闖入者」と書かれた。

扉口に真汐が姿を現わした。ふくれっ面で入って来た真汐は、「お帰り」と迎える声のした方向に弱い微笑で応えてから、せかせかした歩みで日夏と空穂のいる席に向かった。が、すぐ近くまで来て床に落ちている紙を見つけるとちょっと立ち止まり、そこに何が印刷されているか見てとると「何これ」と言って脇に蹴りやった。蹴りやられた方角にいた者がさらにそれを蹴り、またもう一人が蹴り、という具合のリレー方式で、紙は教室のいちばん後ろに蹴り出された。わたしたちは思い出して話し始めた。

「何だったんだろうね、さっきの男子たち」

「紙置いてってたの鞠村《まりむら》っていうんでしょ。中等部の時から顔と名前だけは知ってる」

「目立つやつだよね、妙に偉そうで」

「わたし一回廊下であいつが落とした鍵を拾ってあげたことがある。受け取って『ありがとうございます』って丁寧にお礼言うんだけど、なんか目が笑ってないんだよね。隣にいた子の方が愛想よく笑ってくれた」

腰を下ろして一息ついた真汐が口を開いた。

「その鞠村とやらとさっき廊下ですれ違ったんだけど。わたしの顔見て『おまえはわかりやすいから許せる』って言った」

「うわあ、何それ」何人かが同時に声を上げた。

「あいつに許してもらういわれはないっていうの」

真汐が吐き棄てた後、素子が言い出した。

「鞠村尋斗《ひろと》ね。おんなじ小学校だった」

「えっ、そうなの？」

「あいつ、昔からガキのくせにふてぶてしかったよ。男子たちのボスで、クラスの権力者だった」

わたしたちは色めきたった。

「ああ、わかる。そんな感じ」

「顔が悪くないとこがまた腹立たしいよね」

「何で日夏にちょっかい出したんだろ？」

「男子クラスと女子クラスが分かれててよかったね。あんな怖い男と同じクラスだったら毎日気が休まらないよ」

## 家族の光景

　日夏はその話題には加わらず、真汐に尋ねた。

「唐津さん、何だって？」

「やっぱりあの作文のことだった」真汐はつまらなそうだった。「『今里は不機嫌そうだけど、何か生活に不満でもあるのか』って。ないって答えたんだけど、雑談めかした話がのらりくらりと続いて」

「悪い人じゃないんだけどねえ」美織が笑い混じりに言った。

「悪い人じゃなさ過ぎるかも」花奈子が後を引き取った。

　日夏がもう一つ尋ねる。

「藤巻さんは？」

「藤巻さんはね、『無駄な喧嘩はするな』って。別にしてないのに」

　不服そうに言いながらも真汐の表情はいくぶんやわらいだ。

「藤巻さん、わざわざ近寄って来たの？」

「何だか知らないけど、気がつくと近くに来てたの」

　日夏と真汐の会話はそこで途切れたが、取り巻いているわたしたちの間では「『藤巻さんは真汐が好き』に一票」「もう一票」「三票目。いつもさりげなく真汐を見てるもんね」「ひねくれた少女をほっとけない奇特なおっさんなんだね。四票目」などと、さざめきが起こった。真汐が「何でそうなるの?」とこぼすと「みんなゴシップに飢えてるから」と日夏が説明し、わたしたちは調子に乗って「そうそう」「だから何かやって」「しでかして」「さらに期待票一票」「真汐も藤巻さんも既婚者だから大したストーリーにはならないだろうけど」と囃《はや》したてた。

「何であんな三十過ぎたおっさんと」真汐は苦い顔をした。「だいたいみんなどうしてこんな時間まで残ってるの?」

わたしたちはできる限り感じのいい笑顔をつくった。

「いや、何となく」

「成り行きというか、行きがかりというか」

立っている真汐の胸のあたりの高さで空穂が言った。

「わたしの意見言うね。みんな真汐ちゃんがくやし泣きしながら戻って来るところが見たかったんだよ」

その通りだったので、わたしたちは真汐がわたしたちを見まわすと、つい目を逸らしたりこっそり空穂の後頭部を叩いたりしたのだけれど、真汐の矛先は結局空穂に向くはずだった。

「今言ったことには根拠があるの？」

真汐は人差指の先を空穂の頭の横にあてて尋ねた。空穂は目だけを真汐の方に向け、頼りなげな調子で答える。

「物的証拠は何にもないよ。ただ」

「ただ？」

真汐は人差指で空穂の側頭部を撫で下ろした。空穂は真汐の指の動きを気にしながら続けた。

「そこはかとなく、そういう雰囲気だった」

「雰囲気？　そんなもんで決めつけていいの？」

真汐は空穂の髪をかきわけ、耳の孔に指先を挿し入れた。空穂が身をすくめてよけると、その拍子に頭が並んですわっている日夏の頭にぶつかった。「あ、ごめん」とあやまる空穂の頭を、日夏は片手でつかみ真汐に手渡すように押し戻した。真汐は両手で受け止めた頭を撫でまわし始めた。優しげというよりはなぶっている、真汐と日夏が空穂に対してよくやる流儀での撫で方だった。教室の後ろで「躾《しつけ》の時間、始まった？」と恵文の声がした。

「みんなはともかく、わたしがくやし泣きするのをあんたが見たかったってことは間違いないのね？」

「いや、ぜひとも見たいというほどじゃ」

空穂の頭は撫でつける真汐の手の押す方向にぐらぐらと揺れる。日夏が空穂の顎を持って頭を固定しようとしたが、押す力の方が強くてぐらつきは止まらない。

「聞かせてよ、わたしをくやし泣きさせたい理由を」

真汐は撫でるのをやめて、空穂の口元に人差指の先を押しつけた。空穂の頭がまたかしいだ。

「答は？」

空穂は困った表情で考え考え答を口にした。

「だって、真汐ちゃんはすごいくやしがり屋なのに絶対泣かないじゃない。でも、皮膚一枚下で感情がふつふつとしているのはわかるから、見たくなるの、ほんとに涙が出てるとこを」

真汐は鼻で笑い、空穂の髪の毛を軽く引っぱった。

「あんたがわたしを泣かせてみれば？」

「無理」空穂は言った。「そんな野心ない」

隣で日夏が笑いを漏らした。

「野心なの？　空穂、話し方教室に行った方がいいよ」

日夏は空穂の顎を支えていた手をゆるめ、指先で顎だけではなく顔のあちこちを挟むというかつまむというか、そういう類の動作を始めた。

「それと、料理教室。ペン習字教室も。パソコン教室にも行っとく？」

そんなことをつけ足しながら、真汐も日夏の反対側で同じように空穂の顔をいじり始めた。

「あと、テーブル・マナーの教室とか」

「テーブルだけじゃなくてマナー全般。挨拶のしかたとかも習わなきゃ」

空穂の顔は、唇が引っぱられて伸びるとアニメーションで描かれるアヒルに似る。同時に下瞼を裏側の赤い部分がむけ上瞼が垂れ下がるくらい引っぱると、もっとアヒルに近づく。逆に頰を顔の真中に向けて押し縮めても、それはそれでやっぱりアヒルっぽいので、見物しているわたしたちは空穂は根本的にアニメのアヒル顔なのだと深く納得するのだった。

空穂を弄《もてあそ》んでいる日夏と真汐は、さまざまに形を変える空穂の顔に見入るわけではない。しょっちゅうしていることだからでもあるだろうし、歪められる顔の面白さばかりではなく、顔の肉のやわらかさやなめらかさや弾力を指で味わうだけでも楽しいからだろう。二人とも指を使いながら目は中空をぼんやり眺めていたりする。それとも二人は、「これもまた退屈なことだ」と胸中溜息をつきながらこの遊びを続けているのだろうか。

当人たちよりもわたしたちの方が面白がっているのかもしれない。わたしたちは、日夏と真汐が空穂の頬に唇をつける光景さえ見たことがあるような気がする。日夏が空穂の頬にキスすると、真汐も空穂の頭を引き寄せて髪の生えぎわに唇を持って行く。そんな場面を想像するだけで、わたしたちは痺れるような感覚に見舞われる。

「子どもっていうのは親のおもちゃだよね」恵文が手についたチョークを払いながら戻って来た。「そろそろ行かなきゃ」

「そうね」

わたしたちは重い腰を上げ鞄を拾った。

「日夏たちは？」

「ああ、帰る」

日夏と真汐は空穂の顔をつまんだまま頷いた。空穂もそういう状態で何とか頷いたようだった。

薄暗くなる寸前の、出し汁が腐ったような赤みがかった色に変わった校庭を横切って、わたしたちはだらだらと校門に向かった。退屈しのぎに素子が「野球のグラウンドにはお金が埋まってるって言うけど、校庭にも埋まってればいいのに」と言うと、恵文が「埋まってるよ。掘ってごらん」とふざけ、素子に「埋まってるのは恵文が今朝して埋めたウンコでしょ。あそこのケヤキの根元」と返される。遠くのテニス・コートで手を振る二つの人影は亜紗美と千鶴らしい。

校門までの道のりはつまらない一日のように長く、「華やかな女子高校生ライフなんてどこにあるんだろう？」という疑問が頭をよぎりがちなのだが、一方で「卒業して、高校時代の変わりばえのしない毎日を思い出す時、いちばん頻繁に目に浮かぶのは、今日みたいな日に放課後の教室で、日夏と真汐が空穂の顔をいろんなふうに変形させて遊んでいるシーンかもしれない」と考えるのも、わたしたちの日常だ。

教室を出る直前、わたしたちは恵文が最後に小黒板に赤いチョークで書き足した文字を読んだ。こう書かれていた。

舞原日夏　　パパ
今里真汐　　ママ
薬井空穂　　王子様

# 主な登場人物（配役表）

私立玉藻《たまも》学園高等部　二年四組

舞原日夏　パパ
今里真汐　ママ
薬井空穂　王子様
木村美織　目撃者　官能系情報コレクター
草森恵文　目撃者　記録者
田中花奈子　目撃者　絵描き
二谷郁子　目撃者　ピアニスト
穂苅希和子　目撃者　思いを捧げる者
井上亜紗美　目撃者　テニス部　磯貝典行が幼なじみ
佐竹由梨乃　目撃者
鈴木千鶴　目撃者　テニス部　リアーナ似

須永素子　目撃者　ダルビッシュのファン
久武冬美　目撃者　ヤシの実が頭に落ちる不運な種族
城島《しろしま》環《たまき》　目撃者　バスケット部

別のクラス
蓮東《れんどう》苑子《そのこ》　美少女

男子クラス
鞠村尋斗　男子クラスのボス
磯貝典行　井上亜紗美の幼なじみ

教師
唐津緑郎　担任　英語教師
藤巻英洋　生物教師
持田《もちだ》辰蔵《たつぞう》　こわもての学年副主任

保護者
伊都子《いつこ》さん　薬井空穂の母

# 第二章　ロマンスの原形

「パパ」「ママ」「王子様」という配役を誰が考えついたのかは忘れられている。だから、三人とも見間違いようもなく女なのになぜ日夏は「パパ」で空穂は「王子様」なのか、また、空穂はどこから見ても親しみやすい庶民的な風貌なのになぜ「王子様」なのか、空穂が「王子様」ならその「パパ」と「ママ」の日夏と真汐は王と王妃なのか、いったいどんな国を統《す》べているのか、といった疑問に対して、責任を持って答えられる者は見つからない。

「伝承っていうのはそういうもんなんじゃないの？　いちばん初めに誰が語り出したのかわからないし、設定の詰めも甘くて、甘い分ご都合主義で」草森恵文はそう言う。「すごく人気がある伝承は、語り継がれるうちにみんなの欲求に合わせていろんな要素がつけ加えられて、辻褄合わせもそっちのけでどんどんふくらんで行くの」

恵文は現代文と古文は抜群によくでき、それぞれの科目の教師たちから「おまえは授業に出なくてもいい」と出席を免除されているくらいなので、恵文が文学的な話をすると、わたしたちはたいてい素直に受け入れる。一方数学が全然できず、「数式を見ると脳が液状化したみたいに気持ちが悪くなる」と深く悩んだ末に数学教師の所に行き、

「わたし、数学はどんなに努力しても理解できるようにならないと思うので、授業に出なくてもいいことにしてください」と真剣に訴えたところ、関西出身の数学教師に職員室の外の廊下にまで響き渡る大音声で「どアホ！」とどなられ飛び上がって逃げた、という逸話もある。

三人家族の始まりについて、恵文は例によって小じゃれた言い方をした。

「初めに子どもがいたの。ぽつんと。一人で」

物語ればこういうことだ。

わたしたちの在籍する神奈川県下の私立玉藻学園は、中等部から入学する者がほとんどなのだが、空穂は他の若干名とともに高等部に入って来た。中等部の三年間でなじんだ仲間の中に加わる新顔はそれだけで人目を集めるものだけれども、どちらかといえばおとなしい空穂は一年生の一学期はあまり目立たなかった。自分から積極的に喋ったり輪に入ろうとしたりすることがなく、しかし完全に孤立することもなく、昼食の時間ひとかたまりに集まって弁当を食べているグループと通路一つ隔てた席からぽつぽつ会話するといったふうに、周囲とごく淡く交わりながら過ごして半年たとうとする頃、ようやくみんな「そういえば、あの子はいつからいるんだっけ？」と尋ね合った。

空穂が大々的に注目を浴びたのは二学期初め、学校帰りに大勢でカラオケに行った時のことだった。誰が誘ったのか空穂はいつの間にか交じっていて、初めのうちは人の歌を聴いているだけだったのが、促されて歌い出したのはマイケル・ジャクソン十三歳のソロ・デビュー曲「ガット・トゥ・ビー・ゼア」で、最初の一行が歌われたとたんに歌声とそれを耳にした者の嘆声で部屋の空気が大きく波打った。全員がマイクを握っている空穂を見つめた。十代の少女ならばボーイ・ソプラノのマイケル・ジャクソンと同じ音域で歌える者はざらにいる。しかし、芯のある強い声で高音を出せる者はそう多くない。空穂はクリスタルの芯が入っているかのような太くてきらめく声を持っていた。マイケル・ジャクソンほどの繊細な表現力があるわけはないが、声質と声量だけで耳を惹きつけるには充分だった。ふだんのおとなしさとのギャップも驚きを増幅させたことだろう。居合わせた者の一人は「びっくりした。突然フィギュアに命が吹き込まれて人間に変わったみたいだった」と回想する。改めて見ると空穂には、自分が迷子になったのに気がつかないでノラネコを撫でたり花をつんだり無心に一人遊びをしている子どものような飄々《ひょうひょう》とした雰囲気があり、カラオケでマイケル・ジャクソンを歌ったりするのもかっこうをつけているのでは微塵《みじん》もなく、一心に歌の世界、自分の世界に浸っているのだ。そうした天然の個性にみんなが気づいて以来、空穂は教室でも気にかけられるようになった。

一年生当時は空穂と違うクラスだった日夏と真汐は、その場にいたのだったかどうか。あの時のカラオケは女子クラスのどのクラスからも歌好きが参加したので、二人がいた可能性は低くない。二年生に進級して同じクラスになるや否や、二人はチャンス到来とばかりに空穂に近づき自分たちのものにしたのだから、おおかたの生徒と同様、日夏と真汐もあの時空穂を見つけ後に愛着へと発展する情動の種を植えつけられた、と考えるのが自然だろう。というより、空穂の学校生活の大きな節目に日夏と真汐がいなかったなど、あってはならないことだ。従って、「ガット・トゥ・ビー・ゼア」によって物語が動き始めたというかたちにしたい。

人見知りをするものの、仲よくしようと働きかけて来た相手には意外に早くなじむらしく、日夏と真汐に挟まれてあどけなくも安心しきった笑顔を浮かべる空穂を見るまでには、そう時間はかからなかった。もちろん日夏と真汐は空穂をなつかせるために、あれこれと世話を焼いたのだった。携帯電話を使いこなせていなかった空穂に着うたの設定のしかたを教えたり、制服のスカート丈が中途半端でかっこ悪いと言って縫い直してやったり、空穂が学校に来ないと電話をして病気なのか寝坊なのか確かめたり、それは熱心な世話の焼きようだったが、空穂がいつも昼食はパンかでき合いの弁当を買っていると知って、弁当を自分で作る真汐がついでに空穂の分まで作って来るようになると、もうほとんど親の領分に踏み込んだといっていいだろう。

空穂のほんとうの親はといえば、父親は空穂が一歳半の頃死んだか離婚したかでいないし、空穂を女手一つで育てて来た母親は看護師でいつも忙しく、空穂にあまりかまわず弁当も作らない。真汐が弁当を作ってくれると空穂が告げると、空穂の母親は即座に真汐の母親に電話をかけ、空穂の分の弁当の材料費を支払うと申し出た。真汐の母親は真汐が友達の分の弁当まで作っているのを知って驚き「失礼だから」とやめさせた。空穂の母親については「きちんとした方ね」と褒めたという。以後、空穂は週に一回くらいは自分でまずそうな弁当を詰めて来るようになった。真汐の母親は時々思い出したように「看護師さんの仕事ってたいへんよね」と口にするそうだ。

看護師の子どももたいへんなようで、空穂が幼い頃、夜勤明けで昼間仮眠をとりたい時などに母親は、空穂が勝手に動き回って事故を惹き起こすことのないように、空穂の胴を浴衣の帯でくくり帯の端を自分の手首に巻きつけて眠ったらしい。「わたしは憶えてないんだけど」と空穂は話す。「叔父さんがうちに来た時に見てたら、お母さんはわたしが帯の長さよりも遠い所に離れて行こうとしたら、眠ったままで帯をぐっと引いてわたしを引き戻すんだって。わたしの体がずるずる引きずられるくらいの力で」。それを聞いたわたしたちはちょっと異様な印象を受けたのだけれど、「愛だね」と無難な感想だけを口にし、心の中で「雑な愛だけど」とつけ足した。

参観日などに見かける空穂の母親の顔は、空穂とはそれほど似ていなくて、南国風の濃い眉、大きくてまわりが窪んだ目、がっしりした顎の、ベテラン看護師と言われれば納得の行く気丈そうな女性だった。立ち話をする分には普通のざっくばらんなおばさんなのだが、家の中での行動を聞くと「普通」からはややはずれているように感じられた。

もっとも、空穂本人は自分のされたことを特に変とは捉えていないふうだった。

「伊都子さんは気性が激しくてね」空穂は母親を名前に「さん」づけで呼ぶ。「子どもの頃はしょっちゅうバシバシ叩かれてたの。一回、頭よりも高く持ち上げられて投げられたことがある。十メートルくらい飛んだかな」

「家の中でしょ？」真汐が疑問を差し挿んだ。「十メートルも飛ぶスペースある？」

「あ、ないねえ、よく考えると」空穂はすぐに翻した。「じゃあ、五メートルくらい？」

「一気に五十パーセント・オフ？」

「うん、バーゲン」

「バーゲンじゃないよ」真汐が空穂の頭を叩いた。「せいぜい一・五メートルくらいじゃない？」

「そうかもしれない」

「その時ひどく頭をぶつけたせいで、こんなに注意力散漫になったのね」日夏がそう言って空穂の頭を撫でた。

「かわいそうね、いろいろと」真汐もそう言って空穂を撫でるのに加わった。

もちろんわたしたちは、苦労して空穂をここまで育て私立の高校にまで入れた点では伊都子さんを尊敬するが、正直いって伊都子さんのもとに生まれなくてよかったと思う。

だから、日夏と真汐が、まるで伊都子さんから奪おうとするかのように空穂にかまい通しなのも、伊都子さんが留守がちな空穂の家に侵略するみたいに入り浸っているのも、悪いことには見えず、むしろ空穂に新しい親ができたものとして祝ってやりたかった。

空穂は伊都子さんからは充分な躾を受けていなかったので、日夏と真汐が改めて躾けもした。玄関で脱いだ靴はきちんとそろえて置き直すこと。制服のジャケットは脱いだらすぐにハンガーにかけること。空穂の家のキッチンのシンクには、出勤前の伊都子さんのあわただしい食事に使われた食器も空穂が一人で食べた後の食器もごっそり積み重ねられていて、以前の空穂はそれを見ないふりをして、次の食事に必要な分だけ洗って使うのが常だったのだけれど、そんなふうではだめで、シンクにある食器は全部洗っておくこと。

「伊都子さんは、わたしたちの世界では単なる育ての親ってことにすればいい」恵文は声をひそめて言った。「空穂はまだ這うこともできない年頃にワシか何かにさらわれて、伊都子さんが看護師をやってる病院の中庭に落とされてたの。で今、実の親の日夏と真汐にめぐり合った、と。もっとあくどい話の方がいいかな。日夏が王、真汐が王妃で、世継ぎの王子に恵まれない二人は庶民の子どもの中から空穂に目をつけて、有無を言わさず権力ずくで王宮に連れて行った、みたいな。でも、どっちも古めかしい話だね。恋人が入れ替わるように親も入れ替わる世界の方が面白い？　誰かの親になりたいと望んだ者が二人以上いたら目当ての子どもの心をつかむために争うとかね。あ、親は何人いてもいいっていう設定もあり得るねえ。どうしよう？　急いで決めなくてもいいか」

とにかくわたしたちは、日夏と真汐をわたしたちの世界での空穂の親と認定した。そして、三人を〈わたしたちのファミリー〉と呼ぶことにした。三人をわたしたち自身の家族と考えるのではなく、みんなで観賞し愛《め》でるアイドル的な一家族という意味での〈わたしたちのファミリー〉だった。時々、それはたいてい伊都子さんが夜中まで帰らないシフトの日なのだけれど、わたしたちも何人かで日夏と真汐について空穂の家に上がり込むことがあり、そういう折りに、日夏と真汐にシンクに溜まっている使用ずみの食器を洗うように促された空穂が、面倒臭げに顔を曇らせながらもキッチンに向かう姿が見られた。日夏と真汐もキッチンに立ち人数分のお茶を用意する。まさにうるわしい家族の姿で、わたしたちはうっとりした。

## いにしえのロマンス

空穂登場以前の、日夏と真汐のなれそめについても述べておいた方がいいだろう。日夏と真汐は中等部で出会い仲よくなった、ですませれば簡単なのだけれど、かりにも二人をわたしたちの世界の王と王妃にするのであれば、わたしたちが憧れるような甘美で劇的な愛の逸話が二人を結びつけたのでなければならない。憧れるといっても、決して同じ体験をしたいわけではなく、そもそも自分たちははなからそういう体験をする資質を欠いていると承知している類のものだ。

二人は中学一年と二年は別々のクラスだった。一学年に女子クラスは二つしかない学校だから、二年も通えば同じクラスになったことのない女子生徒でも顔見知り程度にはなる。まして、授業中教室が私語であまりにも騒がしい時とか、教師が無神経なことを言ったりした時に、黙って勝手に教室から出て行ってしまうので有名だった真汐が、一人仏頂面で廊下を歩いて行くさまを、日夏は授業を受けながら廊下側の窓越しに見ていたことだろう。真汐の方は、三年生の途中まで弓道部員だった日夏が、弓道衣姿がすてきだと中等部の女子にも高等部の女子にも人気だったのを知っていただろうか。特に高等部の先輩の一人はよく教室まで日夏を連れ出しに来ていた。

三年生に上がってクラスが一緒になり、日夏と真汐は同じグループで行動するようになったが、各自独立心に富みいつでもどこでもべったりとくっついているようなグループではなかったので、一学期の間は通り一遍のつき合いしかしていなかった、と他のメンバーは言う。しかし、変わり者の好きな日夏が真汐に目をつけていなかったはずがなく、「真汐に気を許してもらうためにどんなアプローチをすればいいのか、初めは全然わからなかった」と話すのを聞いた者もいるから、おそらくずっと仲よくなるきっかけを探していただろう。

きっかけは二学期早々に訪れた。わたしたちの学校には夏休みを利用した交換留学生制度があり、七月下旬から九月上旬までおもに北米からの留学生を十数名迎える。来日留学生の世話にあたるのは教師やホームステイ先の家庭や留学準備中の玉藻学園生だが、一般の生徒のうち中等部三年生は夏休み中に留学生たちとのキャンプに参加し交流することになっている。九月上旬には学校のホールで帰国する来日留学生の修了式兼歓送会が行われ、中等部三年生はこれにもアトラクションで参加しなければならない。

日夏と真汐のいたクラスは、洋楽好きの音楽教師、景子ちゃんこと逢坂《おうさか》景子先生の指導のもと、アリシア・キーズの「イフ・アイ・エイント・ガット・ユー」を大合唱することになった。ピアノの伴奏を受け持ったのは二谷郁子で、郁子はかねてからアリシア・キーズを崇拝していたため、自らアレンジのアイディアを出すほどはりきった。練習は煩わしかったけれども、歓送会の本番では来日留学生たちも客席から合唱に加わり、なかなかの盛り上がりようで、そこで終われば誰にとっても地味ながらも悪くはない思い出として残ったはずだった。

ところが、歓送会実行委員の一人である持田辰蔵という男子クラスの体育の教師が、留学生と在校生の自然に起こった合唱にいたく感激したらしく、司会進行係の教師をさしおいて突然前に出て、合唱を終えて袖に引っ込もうとする一団を止め、留学生たちに手ぶりで舞台に上がれと予定表にない指示を出した。怪訝《けげん》な表情の生徒たちに向かって舞台下から「横一列に並べ」「手をつなげ」「そのまま手を上げろ」と指示を続けたのは、要するに、生徒たちが民族を越えた連帯のポーズをとる感動的な場面を仕立てて、自分自身も含めその場にいた全員で共有し味わいたかったものと見えた。

わたしたちが小学校の学芸会じみた場面を強要されて、先刻の合唱の余韻も台なしになるほどのきまりの悪さ、恥辱感を抱いたのは言うまでもない。教師の中にさえ苦笑する者があった。だからといって、普通の生徒はわざわざ教師に逆らったりはしない。ことに持田辰蔵は、授業で顔を合わせることこそなかったが、「女子は『今無駄口をきいていたやつ立て』と言っても立たないでごまかすから嫌いだ」と公言していたり、では男子が好きなのかといったらそうでもなさそうで、男子生徒が気に入らないことをすると五分以上も耳元に口を近づけて叱り続けたり、傷跡が残らない程度の力で執拗に小突いたりするなど、その特殊な性格と行動が広く知られている。二十年くらい前には殴打の体罰も平気で加えて、男子生徒の頬骨を折ったという噂もある。おまけに学年の副主任だった。

真汐以外の誰がそんな教師の命令を拒んで一団から離れようとするだろうか。真汐だって堂々と動いたのではない。顔つきこそ不機嫌そうだったけれども、そっと列を抜けて舞台袖に向かった足どりは、速過ぎもせず遅過ぎもせず、何か用事でもありそうなさりげないものだった。しかし、持田は目ざとくて「おい、おまえ、どこへ行く」と大声を響かせると同時に、人差指でぴたりと真汐を差した。聞こえなかったわけがないのだが、真汐は声の方をちらりとも見なかったし歩く速さも変えなかった。身の縮む感覚に囚われたのは見ているわたしたちの方だった。

「こら、待たないか」と厳しさを増した声でどなった持田は、今にも駆け寄って真汐の腕をつかみ捻《ねじ》り上げるとかいやなことをしそうで、わたしたちは「気持ちはわかるけど、とりあえず立ち止まって。頼むから立ち止まって」と真汐に向かって一心に念を送った。持田の口からは「おまえ、名前何だ」という問いが険しく放たれた。留学生たちは何が起きているのか正確には把握していなかっただろうけれど、緊迫した空気を感じたらしく、口元に曖昧な微笑みを残しながらもきょろきょろとあたりを窺った。とうとう持田は舞台へと足を踏み出した。統制を乱す者は許さない、と早足が語っていた。

あともう少しで舞台袖口という所で真汐の歩みが止まった。追って列を抜け出した日夏が真汐の肘のあたりをつかんでいた。振り向いた真汐は腕を引く日夏と目が合うと、眉を寄せて振りほどこうとする身ぶりをした。すると日夏はあいている方の手で真汐の横っ面をひっぱたいた。鳴り響いた音の激しさに場内が凍りつき、ちょうど小階段を上って舞台に片足をかけたところだった持田ですら一瞬動きを止めた。打たれた頬を押さえて正面に向き直りかけた真汐に、日夏は母親か姉のような威厳ある口調で「ここは戻っておきなさい」と言い、列の中に押しやった。頭が真っ白になっていたのか、真汐は素直に従った。

持田は舞台に片足を置いた体勢のまま、珍獣に出くわしたかのように日夏を凝視した。日夏はおもねるでもなく懇願するでもなく、ただやわらかい表情で持田の視線を受け止めた。ややあって、舞台に上がろうとした理由を思い出したらしい持田は、生徒たちの列に目をさまよわせたが、さっきの反逆者への怒りはすでに鎮まっていたようで、毒気を抜かれた表情で声音だけはいかめしく「ふざけるんじゃないぞ。いいな」と言い残すと階段を下りた。その後舞台上の生徒たちが改めてつないだ手を上げるポーズをとらされたのはいうまでもない。

あの場合の日夏の判断は正しかったというのが、わたしたちのおおかたの評価だった。出口の限られたホール内で真汐が逃げおおせるのは難しいのだし、持田に捕まって陰湿に責められたり以後目をつけられて居心地の悪い学校生活を送ることになるよりは、日夏に一発叩かれて手つなぎの学芸会に耐えておいた方があきらかにましだろう。たとえ真汐にとって、うまく逃げ出すこと以上に、連帯のポーズの強制に対して批判・拒絶の意思表示をすることの方が重要だったのだとしても。だいたい後先も損得も考えないで感情のままに行動する真汐が理解できない。

真汐は歓送会の後、しばらく人とあまり口をきかず沈んでいた。真汐としては頬を打たれてくやしく恥ずかしかっただろう。しかし、日夏の温かさも伝わっただろうから、感謝と腹立ち、どちらに気持ちが落ちつくのか自分でもわからなかったに違いない。日夏は二日ほど様子を見ていたが、三日目くらいから日直の真汐が黒板の文字を消すのを手伝ったり、弁当の時間に自分のマグボトルのお茶を進呈したり、とても優しく接するようになった。胸の中でどんな思いが渦巻いたのか知りようがないけれど、真汐は最終的に日夏を受け入れた。ある朝登校して来た日夏の所へ先に来ていた真汐が自分から歩み寄った時、はらはらしたりわくわくしたりしながら見守っていたわたしたちは心の中で祝福の鐘を打ち鳴らしたのだった。

そして、日夏と真汐はわたしたちに〈夫婦〉と呼ばれるほど仲よくなったのだが、二人は少なくとも人前ではべたべた触れ合うこともなければ愛のことばを交わし合うでもなかった。学校から駅までの道の途中に神社があって、日暮れ時の境内では玉藻学園の制服を着た男女のカップルだけではなく、男子と女子のクラスが別々のせいか、男子同士や女子同士が体をくっつけていちゃついているのをしばしば見かけるのだが、残念ながらそこに日夏と真汐の姿を目撃した者もいなかった。二人が愛し合っているとわたしたちが感じるのはただ、日夏の真汐に対する喋り方や態度が常に優しく、真汐をとてもだいじにしているのが傍目にもあきらかなのと、真汐が日夏に対しては比較的素直で信頼をおいているように見えるためだった。

わたしたちが憧れたのは日夏と真汐のそういう結びつきで、とりわけ日夏が真汐に向けて醸し出す甘い雰囲気は、もし自分が誰かからあんなふうにだいじにされたら、とつい妄想してしまうような、「そそる」というのか何というのか、近くで見ているだけで気持ちよくなるものだった。そんな日夏が人をひっぱたきもするというのは奇妙ではあったけれど、真汐がひっぱたかれる場面を目の前の甘い雰囲気に酔いながら思い返すと、打たれた頰の痛みすら甘美で快いものに想像された。

あれは同じ中等部三年の二学期の終業式、校長のいつ終わるとも知れないだらだらと続くスピーチにわたしたちの意識が朦朧《もうろう》として来た時、よそのクラスだった倉内由衣が後ろの列から日夏に「眠気醒ましにぶって」と頰を差し出したのも、痛みと同時に訪れるはずの甘美な感覚を期待してのことだっただろう。日夏は頷くが早いか手を旋回させた。籠もった鈍い響きは生徒たちのたてる雑音や話し声に混じり先生方には気づかれなかったけれど、周囲の何人かは顔を向けた。痛かったに決まっているのだが、由衣は顔を真赤にして嬉しそうに「ありがとう」と言った。日夏は笑っていた。由衣は欲望のままに後戻りできない世界に入り込んでしまったんじゃないか、とわたしたちは心配したのだけれど、同じことは繰り返されず、由衣が日夏と真汐のロマンスに大きくかかわることもなかった。

## 旅先のロマンス

秋の修学旅行に空穂は初め乗り気ではなかった。「面倒臭いな。行かないで家で寝てようかな」などと言っていたのだ。わたしたちは日夏と真汐と空穂がいた方が面白いので、「それは許されないよ」「行かなくても旅行の積立て金は返してもらえないよ」と嘘をつき、空穂の気を変えようとした。日夏と真汐はいたって冷静で「行けばご飯も作らなくていいし、食器も洗わなくていいのに」「お風呂を磨いたりお湯を溜めたりもしなくていいんだよ」とすぐれて実際的なことを丁寧に教えさとした。それで「じゃあ行く」ということばが空穂の口から出た。

もしあの時、空穂があくまでも修学旅行には行かないと言い張っていたらどうなっていたか考えることがある。おそらく日夏と真汐も不参加で、しかし、二人の親は学校の行事に参加しないなどという無軌道を許さないだろうから、二人は修学旅行に行くふりをして別個にどこかへ旅行に出かけたのではないだろうか。もちろん空穂も何とか説得して連れて行く。かりに三人だけの旅行だったとしても、修学旅行でわたしたちが目撃したのと同じようなことが起こっただろうか、それとも全く違う雰囲気で終わっただろうか。

こんなことを考えるのも、日夏と真汐と空穂の〈わたしたちのファミリー〉に微笑ましい仲のよさ以外の別な要素が色濃く出て来たのが、あの修学旅行以降だからだ。

集合場所の羽田空港ではまだ学校にいるのと大して変わらない感覚だった。同行する教師の一人、持田辰蔵が生徒たちを迎えると空港の一角にしゃがませ、さっそく睨みをきかせる訓示を垂れた。

「禁止品持ってる奴は今のうちに捨てるなり手荷物預かりに預けるなり家に送るなりしとけ。後で所持品検査した時に見つかって泣きを見ないようにな。飲酒、喫煙、喧嘩、その他不健全な行動が発覚した者も、出発前に期待していたのとはおそらく別の意味で一生忘れられない修学旅行になるからな。相応の覚悟を持って臨むこと」

そう言って持田は、むしろ不埒《ふらち》な行動をとった者に厳罰を与えて泣かせるのを楽しみにしているかのような、残忍さがほの見える笑いを浮かべた。先輩たちから伝え聞いたところでは、過去に持田は検査で禁止品のゲーム機を見つけてセーブ・データを消させたり、携帯電話を隠し持っていた生徒を観光地でいっさいバスから降りさせなかったり、厳しい処置をとって来たという。学校内で平気で生徒を殴っていた時代には、修学旅行先でもためらわず張り倒していたことだろう。

前もって警告してくれるだけ親切ではあるし、旅行の責任を負う教師が生徒を無事に連れ帰るために厳格にふるまうのも何ら間違っていないのもわかる。こういうこわもての教師が修学旅行の引率には必要なことも。それなのに持田の訓示を聞いていてとてもいやな気持ちになるのは、その話しぶりにサディズムめいたものが匂い出すだけではなく、脅している、さらには自分の権力を誇示しているのが感じられるせいだ。学校の定めた規則に縛られることよりも、圧倒的に強い大人の前で自分たちが非力なことがわたしたちをみじめにさせる。持田の話が終わると、私立玉藻学園の一団に控えめなざわめきが戻り、わたしたちは立ち上がってばらばらと広がり始めた。そんな時に声は低いけれどはっきりした真汐の科白がわたしたちの耳に届いた。

「教師に殴り殺されないようにしないとね。時々修学旅行中に生徒が教師に殺される事件があるでしょ」

教師たちとの距離はまださほど離れていなかったので、真汐のいやみったらしい科白が持田に聞こえたのではないかとわたしたちは危ぶんだ。事実、持田の動きが止まったかのようにも見えた。日夏が教師の視線から真汐を隠す位置にすっと移動する。後で空穂は「歌でも歌い出してごまかそうかと思った」と言ったが、空穂が歌うよりも早く藤巻先生の声が響いた。

「禁止品持ってるやつ、手荷物預かりはあっち、郵便局は一階だぞ。こっそり始末しろよ」

偶然ともとれるけれど、かねてから真汐を気にかけている藤巻さんだから、その場の空気を変えて真汐を助けようとしたんだろう、とわたしたちは考えた。傍証になりそうなことをつけ加えれば、藤巻さんのことばで緊張が解け一団がなめらかな流れで移動し始めると、藤巻さんはさりげなく真汐に歩み寄って「今里は旭山動物園では何が見たい？」と尋ねたのだ。「キタキツネとエゾリスです」と答える真汐がちょっとはにかんだ風情だったのだって、藤巻さんの自分へのあきらかな好意を感じ取ったからだろう。

出発便のゲートに向かう途上、わたしたちは囁き交わさずにいられなかった。

「真汐は日夏と空穂と藤巻さんと三人も心配してくれる人がいていいよね。わたしなんか誰もいないよ」

「そのかわり真汐はむやみに敵をつくるじゃない」

「敵がいるかわりに強力な味方がいる人生と、敵はいないけど頼りになる味方もいない人生となら、どっちがいい？」

「濃い人生と平穏で淡白な人生の二択？」

「敵がいない方選ぶ。つまんなくても楽に生きるのがいい」

「敵味方じゃなくってさ、一生に一回情熱と快楽に悶《もだ》えるような激しい恋をするのと、そこそこ楽しいけどそんなには酔えない、ほどほどの恋を何度かするのとではどっちを選ぶ？」

「それなら、激しい恋をして情熱と快楽に悶えてその絶頂の瞬間に死にたい」

人生の行く先を思案している間に飛行機は行き着くべき旭川空港に着陸し、到着ロビーに出た時からわたしたちは一気に物見遊山気分になった。何人かは大急ぎで二階出発ロビーに駆け上がり、土産物屋で買った北海道銘菓をぶら下げてバスに乗り込んだ。「もうお土産買ったの？」「違うよ、旅行中に食べるんだよ」「『じゃがポックル』売ってなかった。どこで買えるんだろ」というふうな会話でにぎやかなバスの中、〈わたしたちのファミリー〉を探すと、後ろの方で、窓際に真汐、通路側に空穂、その隣の補助席に日夏という具合に並び、満ち足りた表情で談笑する三人が確認できた。

旭山動物園はこの旅行中わたしたちが最も楽しみにしていた観光スポットだった。ズーラシアや多摩動物公園や金沢動物園に比べると、いくらか質素でひなびた印象ではあったけれど、わたしたちは充分昂奮し、〈あざらし館〉の前にゴマフアザラシの絵を描いた顔出しパネルを見つけると、べつだん珍しくもない物なのに何人かはうきうきと記念撮影を始めた。そういう子どもっぽいことには興味のない者たちも、須永素子や城島環がアザラシ特有の笑っているような顔の形態模写をして穴から顔を出しているのを見ると、笑いながら足を止めた。面白がってもらえて気をよくした素子が、ちょうど通りかかった日夏と真汐と空穂に「入らない？　穴一つ余ってるんだけど」と声をかけた。

「わたしだめ。そういうの似合わない」真汐が即座に手を振った。

「そんなことないよ、おいでよ」環も誘う。

「ごめん、趣味じゃない」

真汐がほんとうにこうした観光地の顔出しパネルが嫌いで、垢抜けない愉快な絵の一部になるのを苦痛に感じるたちだということを、わたしたちは知っていた。けれども、空穂がまわりに目配せをしてから真汐の肩と腕をがっちりとつかみ顔出しパネルの方へと押した時、いたずら心が暴発し、その場にいた者たちはいっせいに真汐に飛びかかって、素子や環のいる顔出しパネルの裏側に引きずって行った。「やめてよ、もう」と悲痛な声を上げた真汐だったが、穴から顔を覗かせるかっこうに固定されると、しかたなさそうに中途半端な微笑みを浮かべて写真におさまった。シャッター音の響きが消えるや否や空穂は真汐から手を離し一目散に駆け出した。真汐は体が解放されると「こら！」と叫んで空穂を追った。

日夏は顔出しパネルへの誘いから一人早々に逃げ出していた。そして、真汐が〈さる山〉の前で空穂をつかまえ頭を叩くのが目撃された頃、同じように一人で歩いていた穂苅希和子と〈もうじゅう館〉の近くで出会い、連れだってセルフサービス式のレストランに寄った。飲み物を買ってテラス席のテーブルに着くと、希和子は哀愁をたたえた表情でぼそぼそと語り出した。

「さっき〈ほっきょくぐま館〉で苑子たちのグループと一緒になったんだけど」

隣のクラスの蓮東苑子は希和子の中等部の頃からの思い人だった。玉藻学園で五本の指に入る美少女で、わたしたちも入学してからしばらくは苑子を見かけるたびにあまりの可愛らしさにどきどきしたものだったが、いわゆる〈天然〉で会話をするといつもずれた反応が返って来て、しかもずれ方に面白味がなくちょっといらつかされるため、勝手な話だけれどどじきに失望して特別視しなくなった。希和子だけが変わらず苑子を大好きでいつも見惚《みほ》れていて、会えば全力でたいせつに取り扱っていた。

「初めはいい感じで苑子と話しながら歩けたの。ちょいちょい花奈子たちとバカな冗談も交わし合ってね。苑子も楽しそうで、だんだん自分のグループから離れて、完全にわたしたちのグループに入り込んじゃったの。あの観察用の透明のドームから二人で並んで地上を覗き見たりして。クマは近くにいなかったけどもう最高の気分よ。そのうち苑子が『いいなあ、このクラス。希和子は運がいいね』なんて言い出したの。だからわたしは『そう？　わたしは苑子のクラスだったらよかったと思ってるよ』って返したの。そしたらあの子、何て応えたと思う？　『えー、じゃあ替わろうよ』って」

日夏はすぐにはかけることばを見つけられなかったそうだ。

「『苑子のクラスだったらよかった』にこめられた意味には気づかないとしてもさ、『じゃあ替わろうよ』って、わたしと同じクラスじゃなくてもいいって気持ちをそんなに露骨に見せなくてもいいじゃない。ただの友達にだって向けちゃいけないことばだよ。傷ついたから混雑にまぎれてさりげなく離れて来た」

苑子の性質からして、希和子の自分への愛情を知っていて身をかわしたりいじめたりしたのではなく、ほんとうに素直に思ったことを口に出したのだということは、わたしたちの誰もが認めるところだ。日夏は立ち上がり、熱々のホタテ入りコロッケを買って来て希和子の前に置いた。

「苑子の何にも考えてないみたいな無邪気なところも魅力なんでしょ?」

「ううん、そういうところは好きじゃない。普通に人の気持ちがわかる話の通じる子が好き」

悲しげに答えて希和子はホタテ入りコロッケに箸をつけた。話しているうちに、真汐と空穂も日夏を見つけてテーブルに加わり、田中花奈子や木村美織など希和子と同じグループの者たちも寄り集まった。苑子も自分のグループとともに現われて、希和子に気がつくと「何食べてるの? コロッケ? ビール飲めたらいいのにねえ」と屈託なく声をかけ、そのまま通り過ぎて他のテーブルについた。希和子の面白くなさそうな顔を見れば、「気遣ってもらうことは期待してないけど、せめて『さっき、はぐれちゃったね』くらい言ってくれればいいのに」と思っているのはあきらかだった。

花奈子も美織も真汐も異口同音に希和子に言った。

「しょうがないよ。苑子はああいう子だから」

「愛情かけても無駄無駄。絶対通じないよ」

「何て言うか、手ごたえのない子だよね」

「恋愛にしろ友情にしろ親密な関係なんか持たないし、持てないし、望んでもいないだろうね」

「まだ見切りつけないの？　弄んですらくれない子なのに」

希和子は困った顔で口を開いた。

「わかってる。そういうこと全部わかってるけど、悪い子じゃないじゃない。人を攻撃しないし、来る者は拒まず去る者は追わずだし、嘘つきでもないし、かっこつけてもないし、あのまんまの子でしょ」

「そりゃ他人に興味ない子だから」草森恵文が指摘した。「自分自身にも興味なさそうなところは偉大にさえ見えるよね」

「そうなの。どことなく大物感があるの」わが意を得たりとばかりに頷いた希和子は、小さな声でつけ足す。「アホなんじゃないかとげんなりする時もあるけど」

「アホはいやなの？」日夏が訊いた。

「いやじゃないよ。でも」希和子は隣にいた空穂の頭に手を載せた。「せめてこれくらいの知能があれば……」

「『せめてこれくらい』って何？」

空穂が軽く睨むと、希和子は「ごめん」と言って空穂に抱きついた。

「慰めて」

「やだ」

口調は冷たかったけれど、空穂は希和子を押しのけようとはしなかった。誰かが声をかけた。

「希和子、相手が違うでしょ」

「苑子のかわりにしてるんじゃないよ。苑子は別次元の存在だから触れられないもん」

「わたしは気安い相手なんだ」

空穂がわずかに皮肉をこめると、希和子は言いわけやごまかしの気配もなく、まじめな、純な眼差しで説明した。

「気安いって言うか、安心して愛でられる」

その場にいた者たちの口から納得の声が漏れた。空穂は日夏と真汐のものなので、わたしたちは日夏と真汐の顔色を窺いながらもわりあいに気軽に空穂にかまい、愛玩欲求を満たしたり癒されたり、からかい気分でいじったりつついたりしているのだけれども、決して軽く見ているわけではなく、そうやって愛してもいい存在、そういうかたちでの愛情表現を受け入れてくれる存在だと感じているのだった。気安く扱っているようでもその実格別に可愛いたいせつな子で、喜ばせもしたいし守りたくもある。時にわたしたちのできないことをやる日夏や真汐には眩しく仰ぎ見るところがあるが、受動的な空穂には保護欲めいたものを刺激される。他の友達にこんな思いは抱かないから、空穂はやはり特別な存在なのだった。

希和子が空穂に抱きついていた腕をゆるめた頃、井上亜紗美と鈴木千鶴がソフトクリームを手にしてやって来た。「早くもソフトクリーム？」と言う声に、二人はすました顔で「うん、当然」「ここでも食べるし、札幌でも釧路でも食べる」と答える。千鶴が空穂に「食べてみる？」と尋ねた。頷いた空穂の口元に千鶴がソフトクリームを差し出すのを見て「わたしには？」とねだった希和子に亜紗美が「いいよ、もちろん」と応じた。位置の関係で亜紗美の差し出した腕が不安定に震えたので、希和子は亜紗美の手を両手で包むようにしてソフトクリームのコーンを支え持った。

「何その卑猥な持ち方」美織の声が飛んだ。「全くこの子はフェラチオばっかりうまくなって」

「ちょっと。変なこと言わないでよ」希和子が口元を押さえた。「そういうことはまだやったことないし、五年後だってやってるかどうかわかんないし」

修学旅行の一日目はそんなふうにして過ぎて行った。

叩かれる子ども

修学旅行はついこの間のことなのに細かい部分はもうだいぶん忘れていて、笑ったり不満だったり驚いたりした物事はよく思い出せるのだけれど、旅の経路や移動手段を順序通りにそらんじることはできないし、天気がよくなくて期待したほどではなかった摩周湖の色が緑色に見えたか灰色に見えたかというようなことも、自信を持って口にすることはわたしたちの誰にもできない。

そのかわり、バスガイドが摩周湖にまつわるアイヌの伝説を語り聞かせ、アイヌの人々が歌ったという伝説にちなんだ曲を歌ってくれた時に、バスの後ろの方で二谷郁子が「これ、うちのお父さんがアコースティック・ギターで弾き語りするようなメロディーだよ。絶対アイヌの人たちの作った曲じゃない」と言い出して、わたしたちも「昭和の懐メロっぽいね」と賛同したこと、そしてその後アイヌ村に行って耳にしたほんもののアイヌ民謡は、バスガイドの歌った安っぽく感傷的な古い流行歌のようなものではなく、振り絞るような胸底に迫る力強い響きだったため、「あんな歌をアイヌの歌として紹介するのは冒瀆だ」と義憤に駆られて言い合ったことなどは、みんなとてもよく憶えていて思い出話の種になる。

そうかと思えば、忘れ去ってはいないだろうに申し合わせたように誰一人として唇にのぼらせない出来事もある。

自由行動の日だった二日目、まっすぐ北海道大学や小樽をめざす者の多い中、日夏、真汐、空穂を含むわたしたちの大半は、動物園マニアの素子や恵文につられて札幌市内の円山動物園を訪れた。そこでわたしたちの学校の制服を着た男子がたった一人で歩いているのを見つけ、「一人が好きなのかな？　それとも友達がいない？」「どっちにしても雰囲気暗いよね」と議論になった。素子が「お昼一緒に食べないって誘ったら来るかな？」と呟いたが、「どうだろ。断わるんじゃない？」「これまで話したこともないし」「断わると思うよ。人嫌いのうちの兄貴もあんな感じだもん」「逆に屈辱で走って逃げちゃうんじゃないの？」と話は進んで結局声はかけず、動物園観光組は園内のショップでシロクマの顔をデザインしたグッズをいろいろ買って、大いに満足して動物園を後にした。修学旅行の後はその男子のことが話題にされることはなかったのだけれど、大股で俯《うつむ》きかげんに女子の一団の前を通り過ぎて甲高い鳴き声のたつ水鳥舎の内へ消えた姿を、あっさりと瞼から消し去ることができた者は少ないはずだ。

あの時、もし自分がクラスになじめず少人数の仲間もつくれなくて、あんなふうに修学旅行で単独行動することになっていたら、とそのつらさを想像しないでいられるわけはなかったし、わたしたちのクラスに一人ぼっちのはみ出し者はいないものの、クラスの雰囲気に合わせるのをひそかに苦痛に感じている者もいるかもしれない、と身の縮む思いに襲われた者も一人や二人ではなかっただろう。何しろわたしたちのクラスは他の女子クラスからは仲のよさを羨まれることのある一方で「変態クラス」とも呼ばれているのだから。ここで「わたしたち」という主語が使われていることに関しても、自分は「わたしたち」の中に入れてほしくない、安易に「わたしたち」なんて言うな、と不満を抱く者もいないとは限らないのだが、そんな不安につきまとわれながらも、わたしたちは小さな世界に閉じ込められて粘つく培養液で絡め合わされたまだ何ものでもない生きものの集合体を語るために「わたしたち」という主語を選んでいる。

「それ、磯貝典行じゃなかった?」

午後、小樽市観光物産プラザ前の広場で動物園組の話を聞いて尋ねたのは、まっとうな札幌市内観光に出かけていた井上亜紗美だった。磯貝典行というのは男子クラスに通う亜紗美の幼なじみで、その顔を憶えていた恵文が「違う違う」と手を振ると安堵の色を浮かべた亜紗美だったが、「心配しちゃって。優しいね」とひやかされると「心配なんかしてないよ」と顔をしかめ、ちょうど通りかかった他のクラスの子が「磯貝くん、何人かで『スリラーカラオケ』に入ってったよ」と告げると、「カラオケ? 北海道まで来てカラオケ？」と声を上ずらせ、小樽市観光物産プラザとは目と鼻の先にあるお化け屋敷めいた外観のカラオケ屋をちらりと見て「バカじゃないの」と肩を落とした。

わたしたちの誰もが忘れようにも忘れられない出来事が端を発したのは、そんなことの後だった。広場に設置された「ぶん公」という犬の銅像のまわりに動物園組が群がり、「何をした犬なの？」「消防組の消火活動を手伝ってたんだって」「偉い。やっぱりクマより犬だよね」「クマは役に立たないもんね」「犬の中でも賢いよ。うちのブルーノなんて食べて寝る以外のこと何にもしないもん」「ブルーノ？」「フレンチ・ブルドッグだからブルーノなんだっけ？」「そうだよ、何で笑うの？」などと話しながら銅像の尻尾やら前足やらを撫で回し、嬉しげに写真を撮り始めた。真汐がシャッターを押すのを引き受けると、空穂は「真汐ちゃんが撮ってるところを撮る」と言って集団から離れた。

真汐はプロのフォトグラファーを演じて指を鳴らしてみんなの視線を誘導し、被写体のうちの何人かはなかなか上手に読者モデルふうの表情とポーズを決める撮影タイム、空穂もけらけら笑いながら最適のアングル、最適の距離を探して前後左右に位置取りを変えていた。そのふらふらした動きは見るからに不注意だったので、日夏が被写体集団から抜けて空穂に「気をつけて」と声をかけたが、その時にはもう空穂は後ろ向きに車道に踏み出していた。足を速めて近づいた日夏が空穂の腕を取って引き戻した。「危ないよ」と言われて空穂は車道に目をやったけれど腑に落ちない顔つきで、危なっかしさを全く実感していないのが見てとれた。

「あのね、いつも言ってるけど車にぶつかりに行くのやめてね」日夏の話し方はこの時はまだおだやかだった。「即死できればまだいいけど、運が悪いと後遺症が残って一生苦労するからね」

「運転手だって気の毒でしょ」真汐の口調も抑制されていた。「勝手にぶつかられて加害者にされちゃうんだから」

空穂が車に注意しないのはわたしたちの間でも知られていて、母親の伊都子さんが車に注意することについても空穂を躾けなかったんだろうとか、たとえ親に躾けられなくても小学校でもうるさいほど交通安全については指導されるし、高校生にもなって全く車を恐れない空穂はバカではないにしても頭のネジが一、二本抜けてるんじゃないかと か、たぶん伊都子さんに十メートル投げ飛ばされた時にネジが吹っ飛んだんでしょ、などと空穂のいない所でひそひそ話し合ったものだった。

小樽市観光物産プラザ前の小事件は、空穂が日夏と真汐に向かってきまり悪げにうなずいて収束した。〈パパ〉と〈ママ〉にあれだけ小言を言われれば空穂も最低一週間くらいは公道で慎重にふるまうだろう、とわたしたちは考えたのだけれど、小樽から札幌方面に電車で戻って新千歳空港から釧路に飛び、ホテルで夕食を食べた後有志で「まなぼっと展望台」に出かけて夜景を眺めたりしているうちに、空穂のネジの足りない頭から〈パパ〉と〈ママ〉の教えはすっかり抜け去ったらしい。

ホテルへの帰り道、釧路川にかかる幣舞橋を渡りながら「この橋、何て読むんだっけ？」「『ぬさまいばし』」「ああ、憶えられる気がしない」「『ぬさ』って何？」「神様へのお供え。ほら、百人一首にあるじゃない、『このたびはぬさもとりあへず……』って歌が」と教え合う間も、眼前の風景とほんの少し前に展望台から見下ろした美しい橋の姿・が重なって、夜景見物組は誰もが現実離れした心地にあった。

幣舞橋には「四季の像」と呼ばれる彫像が左右の欄干に二体ずつ、計四体立っていて、空穂は美織と一緒に右側の欄干の彫像を足を止めてじっくり鑑賞していたが、不意に「向こう側のも見て来る」と言って安全確認もせず車道を横切ろうとした。あわてて美織が引き止めたけれど、きわどい距離で空穂の前を通り過ぎた車はクラクションをけたたましく響かせ、橋の上をそぞろ歩いていた人々がいっせいに音のした方に目を向けた。

日夏と真汐がそれまでにないほど殺気立った様子で空穂に歩み寄った。夜景見物組は愉快な見ものを期待して背筋をぞくぞくさせながら三人を取り囲んだ。

「何で何べん言われてもわかんないの？」真汐が空穂の頭を掌で小突いた。

「あんたが一人で痛い目に遭うならいいけどさ」日夏も言った。「迷惑こうむるのは運転してた人だけじゃないよ。わたしたちだって旅行は台なしだし、事故目撃すればPTSD患いかねないし」

「あんたが半身不随になったって伊都子さんは仕事があるから面倒みられないよ。どうするの?」

「卒業したらわたしたちもつき添ってあげられないしね」

面白そうに見物していた恵文が小さな声で「壊れたおもちゃは捨てられる」と呟いた。それが聞こえたわけでもないだろうけれど、おとなしく日夏と真汐の説教を聞いていた空穂がふいと目を上げた。遠慮がちではあるが不満そうな顔で空穂は言った。

「でも、はねられたわけじゃないし」

日夏と真汐はあきれたように息を呑んだ。

「さっきはたまたま運よく無事だっただけでしょ」

そう日夏に言われても空穂はすねた口ぶりで言い返した。

「怒るのは事故に遭ってからにしてよ。そしたら何時間でも聞くから」

日夏も真汐もすぐには反応しなかった。あまりの腹立ちに動けなかったのか、それとも腹立ちを一度抑え込んだために間があいたのだろうか。一呼吸おいて日夏の手が空穂の頭に振り下ろされた。思いっきりではなく力はかげんされていたようだったが、ふだんの愛撫の一種ともいえる叩き方とはあきらかに違っていて、空穂も驚いた表情で弱々しく打たれた頭に手をやった。

「帰るよ」

怒りの冷めやらぬ声で日夏が空穂の肩をつかむと、真汐も空穂の腕を取った。日夏も真汐ももはや他の者に目をやることはなかった。ひとことも発しない、発することのできない空穂を、二人は引っ立てるようにしてホテルに連れ帰ったのだった。

その後起こったことをじかに目にしたのは、日夏、真汐、空穂と同室だった美織ただ一人。美織は乱視の少し入った近視に加えて動体視力が弱いため、見間違いの可能性もあるし、わたしたちの大部分と同じく妄想趣味があるから、話を面白くするために若干の脚色をしていたかもしれない。さらに、美織から報告を受けたわたしたちもまた聞くそばから妄想を繰り広げ、後々には刺戟的になるようどんどん脚色を重ねてこの伝承を完成させたから、事実がどの程度のものだったのか確かめられないし、確かめようともしなかった。恵文が言った通り「すごく人気がある伝承は、語り継がれるうちにみんなの欲求に合わせていろんな要素がつけ加えられて、辻褄合わせもそっちのけでどんどんふくらんで行く」もののようだった。

美織の話では、ホテルの部屋に着いてからは日夏と真汐の怒りもだいぶん鎮まった様子で、口数はいくらか少なかったものの順番に浴室を使った後はかなりゆったりとした空気になったらしい。美織は別室の花奈子や恵文たちと一緒にお気に入りの深夜のテレビ番組を観る約束をしていたので三人を残して部屋を出た。ところが、目当ての番組が始まってみると東京で先週観たのと同じ内容だった。「ここじゃ遅れて放映されるんだ」とがっかりしつつも「まあせっかくだから観ようか」という声が上がる中、美織は自分の部屋に戻って寝ることにした。

持ち出していたカード・キーをドアの差込口に差し入れた時、室内の物音が聞こえたけれど、枕投げの類の遊びでもしているんだろうと軽く考えてドアを開いた。しかし、室内の光景が目に飛び込むと、美織は驚きまごついてよろめきながら廊下に後ずさりし、再びドアを閉めて花奈子たちの部屋にとって返した。頰を赤く染めた美織はみんなに「あれ？ どうしたの？」と訊かれ、動揺のために回らない舌でもどかしげに「空穂が、お尻、ぶたれてた。真汐が押さえつけて、日夏が叩いてた」と言った。花奈子たちも一瞬啞然とした後、「え？ 体罰？」「折檻《せっかん》？」「空穂はまたどんなふうに逆らったのよ？」とテレビそっちのけでざわめき出した。

「エクササイズでもやってたのが変なふうに見えたんじゃないの？」一人が尋ねた。「違う、勘違いじゃない。叩く音も聞いたし」美織は強く首を振った。「どこまで本気かはわからないよ。半分お芝居だったかもしれない。でも、やってたことは体罰だったよ」

「じゃあ見に行こう」という話になった頃にはみんな、〈パパ〉と〈ママ〉が子どもを叱り、時におしおきをすることは別におかしなことじゃない、やり過ぎさえしなければ、という考えに達していて、さらに、同い年で体格にも大差はない三人が家族という設定のもとにおしおきまでするというのがひどくユーモラスに思え、廊下を足早に進む間にも笑いがこみ上げていた。美織や恵文のような性に関する知識が豊富な者たち、それも逸脱した性愛にやたら詳しい者たちの想像の中では、事はエロティックな彩りすら添えられていたかもしれない。とにかく胸を躍らせながら三人のいる部屋の前にたどり着き、美織を先頭に静かに中にすべり込んだ。

室内はほの暗く静まり返っていた。突撃した面々は拍子抜けして立ち尽くした。畳に敷き詰められた蒲団の一つから「美織？」と尋ねる真汐の声がした。美織がとまどいを隠せない声音で「うん」と応えると、奥の蒲団から日夏が「早く寝なさい」と声をかけ「っていうか何？　何でそんなにぞろぞろいるの？」と続けた。「いや、起きてるんだったらちょっとお喋りでもしようかと思って」とうまくごまかしたのは恵文だった。「寝てるよ。帰れ」と、ほんとうに眠そうに真汐がことばを投げた。「うん、そうだね」「帰るね、お休み」などと小声で口々に言うと、美織だけを置いて花奈子たちは引き上げた。途中「空穂いた？」「見えなかった」「押し入れに閉じ込められたかな？」「いたよ、日夏の腕の中にいた」「ほんと？」「うん、じっとしてたよ」と、これも事実かどうか確定できないことを噂しながら。

その晩眠っている間にも伝え聞いた出来事はそれぞれの夢の中で熟し、翌朝目覚めてからは空穂が日夏と真汐におしおきを受けている場面を実際に見たかのように思い浮かべることができるようになっていた。蒲団に俯《うつぶ》せにされた空穂は両腕のつけ根を真汐に押えつけられている。日夏が空穂の脚にまたがり、少年のように小さく引き締まったそのお尻に厳しく、しかしどこか優美な動きで手を振り下ろす。痛みに耐える空穂は時々わずかに腰をくねらせ、かぼそいあえぎを漏らす。懲罰がすむと日夏と真汐はぼんやりしている空穂を両側から挟むようにして抱き頭を撫でる。日夏はそれから空穂と一つの蒲団に入り、愛情深く抱き寄せる——。

朝食の席に日夏と真汐と空穂が何事もなかったかのような落ちついた様子で現われた時も、もしかして美織の目撃談が何かの間違いだったのではと疑うのではなく、三人がことばを交わす際にかすかに照れた表情が覗くとか、空穂が昨日の反抗的な態度とは打って変わって素直な顔つきをしているとか、日夏と真汐がいつにも増して空穂に優しく触れるといったところを見て、「やっぱりほんとうにあったんだ」と甘い疼《うず》きを感じることとなった。

釧路湿原をめぐるバスに乗車する頃には事件はわたしたち全員に知れ渡っていた。耳にしたとたんに笑い出した者、「ああ」と感慨深げに息をついた者、「どうしてそんな面白い現場に居合わせなかったんだろ」と嘆く者、無邪気に「いいなあ、わたしも日夏にお尻叩かれたい」と口走ってまわりの失笑を誘った者など反応はさまざまだったが、要するにわたしたちは、〈パパ〉と〈ママ〉による〈子ども〉のおしおきもまた愛でるべきエピソードとして受け止め、各自の頭の中にある〈わたしたちのファミリー〉のアルバムにたいせつに保存したのだ。

# 第三章　ロマンスの変容

溶けきらなかった苺ジャムがゆらめく紅茶に口をつけた恵文が眉をひそめ「これアルコール入れた?」と尋ねた。美織が「ウォッカ入れたよ。ロシアン・ティーだもん」と答え、自分も一口飲んで「おいしい」と満足そうに目を細める。花奈子が「恵文、お酒苦手なの?」と訊くと、「馴れてないからよくわからないけど、何か強いクッと当たる風味がある」と言って恵文は、試験管の中味を観察するかのようにティーカップを覗き込む。「大学に入るまでに少し飲めるようにしておいた方がいいんじゃない? 新歓コンパで事故起こさないように」と郁子がまじめに忠告した。

四人がすわる美織の部屋には、大学教授の父親が学会や休暇でヨーロッパに赴くたびに土産に買って来る上等なぬいぐるみがチェストの上にも本棚の上にもたくさん飾られている。恵文はベッドの枕元から小ぶりのコウモリのぬいぐるみを取り上げ膝に載せると、「受験勉強の他にアルコールのトレーニングもしなきゃいけないなんて忙しいにもほどがある」と愚痴をこぼし、コウモリの平べったいフェルトの翼をつまんでぱたぱたとはためかせた。

「恵文が忙しいのは執筆のせいでしょ?」花奈子が尋ねた。「最近はどんなの書いてるの？」

「前、面白そうなこと言ってたじゃない」郁子が加わった。「男女を描いてもボーイズ・ラブ作品にあるような萌えを生み出すことができるかどうか、ためしてみるとか」

「言ってたね」美織も頷いた。「例文試作してたよね。何だっけ？　ええと……」

「男の子の科白ね」恵文は少し恥ずかしそうに再現する。「『おれ、おまえなんか好きじゃないのに勃《た》っちゃったよ』ってやつ」

他の三人は「そう！」「それ！」と嬌声《きようせい》を上げた。

「いいよねえ。意地っぱりでプライド高くて素直じゃないけど、性欲が昂まってもすぐさま獣になって事に及ぼうとしないだけの理性と優しさはある男の子」

「わざわざこんなこと言うなんて、ほんとうは相手の女の子のこと好きなんじゃないのって思わせるし」

「言う通りそれほど好きじゃないんだとしても、何も感じてないってことはなくて、これをきっかけに何か始まるかもしれないって想像できるし」

「でも、これどういう状況なの？」

「決めてない」恵文はぬいぐるみのコウモリを撫でながら答えた。「場所だって、部活の用具置場でもいいし、バイト先の倉庫でもいいし、終電逃がしてしかたなく泊まったラブホテルの部屋でもいいし」

「狭くて距離が近くなる所ね。で、どんなタイミングで言うの？」

「それがね」恵文は考え深げな表情になった。「困ったことに、具体的なことを詰めようとすると、つまらなくなるっていうか、萌えなくなるんだよね」

「そうなの？」

「うん、たとえばね、二人っきりの密室で、女の子の方が男の子を意識して固くなってる。それを察した男の子が『おれが怖いのか？』と思いやり半分、からかい半分くらいの感じで声をかける。女の子はむっとして『あんたなんか怖くないわよ』って言う。男の子は完全にからかう気分で『怖くないならおれの腕の中に来てみな』とか言って――」

「いいね」

「『おれら、お互い興味ないから平気だろ』とか言うのね。女の子はきっとした顔で男の子の広げた腕の中に入って行くの」

「可愛い」

「で、しばらく抱き合ってると、やっぱりそこは年頃の男の子だから、よこしまな気持ちはなかったのに催して来るわけ。それであの科白になるんだけど」

「いいじゃない」

「いや違うの」恵文は強く首を振った。「他にも考えたけど、どれもしっくり来ないの。これじゃないって気がしてしょうがないの。ひとことの科白だけだとあんなにイメージが拡がって萌えられるのに」

聞き手の三人は曖昧に頷いた。

「それはそうかも」

「あんまり細かく決めない方がいいかもね」

「あのひとことだけで充分だし」

「でも亜紗美たちは全然わからないって言ったよ」恵文は寂しげに言った。「『どこが萌えるの？　そんなこと言う男、気持ち悪い』って」

美織と花奈子と郁子は鷹揚《おうよう》だった。

「亜紗美とか千鶴はそのへんの趣味違うよね」

「あの子たちはわりと妄想と現実のバランスがとれてるから」

「わたしたちはとれてないの？」

「どう考えたって偏ってるでしょ？　男とまともにつき合ったこともないのに、こんな妄想に萌えるだの萌えないだの騒いでるんだから」

「そうだね」

「亜紗美たちはさ、フィクションに男と女が出て来ると女の立場でしか読もうとしないみたいね」恵文が思索的な顔で言った。「わたしたちは男にも女にも乗り移りながら読むけど。そうじゃない？」

「あ、そうだ」「それ」「そうだね」と三人の声が飛び交う。「意識の上ではちょっとしか好きじゃない女の子とたまたま二人きりになって、心ならずも体が反応しちゃった時の男の子のせつなさ、わたしたちはすごくリアルに感じるもんね。現実の男の子が感じることとは違うかもしれないけど」

ロシアン・ティーをじっくり味わいながら飲み終えると、美織がおもむろに切り出した。

「本日の議題なんだけど」

「議題？」花奈子が笑う。「議題なんてあるの？　男女でどうすれば萌えられるか以外に？」

「秘密会議じゃあるまいし」恵文も言った。

「いや、父が時々晩ご飯の時に言い出すのよ、『秘密会議してもいいけど』『して、今夜の議題は？』とか」美織が釈明した。

「美織のお父さんそういうこと言いそうだね」郁子が言った。

「わたしはいつも『別にないよ』って言うんだけど。母親と二人で楽しそうに語ってる」

「どんなことを？」

「たとえば……ジョージ・オーウェルの『一九八四年』って小説読んだことある？　近

未来の、って言っても作者の想定した一九八四年は現実ではとっくに過ぎてるけど、とにかく強大な権力が支配する全体主義社会が舞台なのね。そういう社会で思想犯として逮捕された主人公が拷問を受けるんだけど、耐えがたい拷問のさなかに、世界に一人だけこの拷問を替わってもらってもいい人がいる、と思いついて、同じように逮捕されてる恋人を自分の代わりに拷問してくれって叫ぶの」

「何それ、ひどい」

「それって愛なの？」

三人の声に美織は頷いた。

「でしょ？　父は『これはどういう心理あるいはロジックなのか考えよう』って言い出すの。キリスト教における愛がどうのとかごちゃごちゃ話し合ってんだけど、結論は出ないままデヴィッド・ボウイのＬＰレコード——ＣＤじゃなくてＬＰレコードだよ、引っぱり出して来て、『一九八四年』って曲をかけてレコードと声を合わせて歌い始めるの、母と二人で」

「夫婦仲いいね」

「お父さん、若々しいよね」

「若づくりなんだよ」美織は口元を曲げる。

「どことなくセクシーだし」

「変態じみてるからじゃない？」冷淡に言った後、美織は思い出したように立ち上がった。「それより見てもらいたいブツがあったんだ」

部屋を出た美織が廊下を歩いて行く音を聞き、残された三人はやがて戻って来る美織が手にしているはずの物に期待をふくらませる。両親が留守だとわかっている日、美織は友達を家に招いて好奇心をそそる物を見せてくれる。入手先は父親の書斎だ。美織の父親はエロティック・アートの愛好者で、そのジャンルの画集や写真集をたくさん持っている。きわどい物は美織の目につかないように一応木の扉のついた戸棚にしまってあるのだが、美織はやすやすと見つけ「あれで隠してるつもりなのかな」と笑う。ポルノ写真や動画はインターネットで見られないことはないけれど、汚ならしくて気持ちの悪くなる物も多いし、自分専用のパソコンをまだ持っていないから長時間気がねなく使えないので、ある程度の質と品を保った作品を美織の家で見るのは楽しみだった。

美織の部屋の常連は、すでに無修正の男性ヌード写真も女性器のクローズアップ写真も男女の性行為の場面の写真も目にしていて、まだ男性器の実物を見たことがないのに写真では見馴れてしまっている自分たちについて、「何か間違ってるよね」「そう？　普通じゃないの？」「いきなり実物見てびっくりするよりは、写真で予習して耐性つけといた方がいいでしょ」と話し合ったこともあった。実際恵文は、電車の中で前に立った男があけたファスナーの間から準備完了状態の男性器を覗かせて、すわっている恵文に見せつけて来た時、不快感は当然あったけれど実物を観察する機会に恵まれたのが嬉しくもあったと言う。「別に困ったりはしなかったんだけどさ、恥ずかしがってるふりをしたらこの露出症のおっさんは喜ぶんだろうなあと思って、わざともじもじしてあげつつしっかり見た。みんなに報告するために」という恵文の話にわたしたちは笑い転げた。

戻って来た美織が一座の真ん中に置いたのは、赤い表紙に古めかしい白黒の写真と金色の文字をあしらった大判の洋書だった。写真は一つのフレームの内に二つの場面をおさめた物で、下半分にスカートをたくし上げ裸のお尻を露わにして長椅子に横たわる少女、上半分には同じ少女が年長の女性の膝の上でお尻を打たれる場面が配されており、下の少女の足にバラ鞭が載っているところからして、この少女が上の写真のようにお尻を打たれるのを性的な意味合いで夢想していることを示しているものと思われた。郁子が『Jeux de Dames Cruelles 1850-1960』とある金色の題字を指差した。

「これ、フランス語だよね」

「ジュ・ドゥ・ダム・クリュエル」恵文が読んだ。

「意味は？」花奈子が訊いた。

「花奈子も第二外国語、フランス語でしょ？」美織が責めた。「このくらいわかんないとまずいよ」

「わかると思うよ」花奈子が焦ったように訳を試みた。「ええと、ジュが遊びでクリューエルは英語にもあるよね。ダムはマダムのダム？　わかった、『残酷な婦人たちの遊び』だ」

「婦人って死語じゃない？」郁子が指摘した。

「ちょっとかっこつけて訳すなら『残酷な淑女たちの戯れ』？」恵文が別訳を出した。

「淑女だって死語でしょ」花奈子がやり返した。

「じゃあ『女』でいいよ」美織が割って入った。「『残酷な女たちの戯れ』ね」

本の中味は少しの例外を除いて、全篇懲罰もしくは性的なプレイとして女が他の女にお尻を手や鞭で打たれている写真だった。家庭教師をバカにする落書きをした少女たちがおしおきを受けている十九世紀のセピア色の写真、食器を割る失策を犯したメイドにメイド頭がミルク鍋を振り上げている写真、表紙になっているお尻を叩かれるのを夢見る少女のシリーズ写真、打つ方も打たれる方も裸の写真、時代が下ると猿グツワや緊縛やラバーふうのコスチュームなども現われる。一人がもう一人の上に腰を下ろしてお尻を鏡餅のように二つ重ねたかっこうの、エロティックなのかユーモラスなのか狙いどころがよくわからない写真もあれば、ドロワーズというのか、後ろ側が開くクラシックな下着をまとった下半身を撮った一九一〇年の優美な写真もあった。

「お尻を叩くプレイってやっぱりあるんだ」世界の真理の一つを手にした喜びを嚙みしめるように郁子が言った。「うすうす勘づいてたけど」

「でしょ？」美織が会心の笑みを浮かべた。「インターネットで調べたらスパンキングっていうんだって。どれくらいの数か知らないけど愛好者がいて」

「名前もついてるの？」郁子は感嘆した。「性の分野でも新しい嗜好、新しいプレイなんてもう見つけられないのかな」

「がんばって見つけてよ」恵文が笑う。「見つけたら教えてね」

「お尻って可愛いよね」本をめくりながら花奈子が嘆息した。「何でだろう？　体の後ろ側にあって無防備な感じがするからかな？　もし前にあっても同じ印象かな？」

花奈子は本を置き、通学鞄からいつも持っている無地のノートとペンケースを取り出した。シャープ・ペンシルでさらさらと正面向きの裸体を描き臍の下にお尻のふくらみをつけたが、見直して首をかしげると次は真横から見た図を描く。また首をかしげて
「うまくイメージできない」とぼやき、今度は乳房の位置にお尻のある裸体を描いたが、

「ああ、違う。どんどんかけ離れて行く。それに気持ち悪い」と一人苦しみ始めたので、美織が「いったんやめよう」とノートとシャープ・ペンシルを取り上げた。花奈子は苦しみから解放されて一息つくと、自分の描き散らした絵に目をやって「何でわたしこんなもの描いたの？」と頭を垂れた。

もちろん四人の頭の中では、美織によって伝えられた修学旅行の夜日夏と真汐が空穂に与えたおしおきの一件が、目の前の本の白黒写真よりもあざやかな映像として映し出

されていた。

「この本、日夏たちに見せたらどんな反応すると思う？」郁子が言った。

「それなんだよね」美織が指を立てた。

「刺戟受けるかな？」花奈子が言った。「本格的にこういう方向に走っちゃうかな？」

「どうだろうね」恵文は考え込む。「日夏は思索的なたちだけど、性的な方面じゃけっこう無邪気だからね」

「見せてみようか？」郁子が問いかけた。

「うーん」恵文が首をひねる。「見せたことであの子たちが変に意識するようになるより、このまま自然にまかせた方が面白いかも」

「そうだね」他の三人が頷いた。

「見せるとしたらもっと後、絶好のタイミングで」

恵文は企み顔で言い、他の者も悪そうな顔でにやついた。

帰り支度をした三人と美織が一階に下りると、帰宅した美織の母と顔を合わせた。美織の母はベース・ギターのケースをダイニング・キッチンの壁に立て掛けたところで、三人の来客を見て「いらっしゃい、って言ってももう帰るのね」と、さっきまで大声で歌っていたとわかるよく通る声で言った。三人が頭を下げると郁子に目を留める。

「郁子ちゃんのお母さんとバンドの練習して来たの」

「あ、お世話になっています、母が」郁子は少し上がっている。「あ、わたしも」

「大学の同級生なんでしたっけ？」

美織の母親と郁子の母親の間柄を尋ねたのは恵文だった。

「そう。せっかくピアノ習わせたのに郁子はセッションやってくれないって嘆いてたよ」

「やりたい音楽が違うので」郁子はどことなく誇らかに答えた。

美織の母はもう一度一同を見渡して尋ねた。

「日夏ちゃんは？」

「来てないよ」美織が答えた。

「残念。会いたかったのに」

美織の母のことばに三人の客は笑った。

「すみませんね、わたしたちじゃ不足で」

「お母さん、日夏を好き過ぎ」美織も言った。

「あの子、面白いんだもん」

美織の母はコートを脱いだ。美織の父親も若々しいが母親もいまだ肌に艶があり、ごく普通のブラック・ダンガリーのシャツを着ているだけなのにとても垢抜けて見える。

美織によれば、十代でスージー・クアトロに憧れてベースを握った母親の二の腕にはがっちりと筋肉がついているということだった。乳房もそこそこのサイズであるのが見てとれた。この女性とエロティック・アートの収集家である夫が若い頃からどのような性的戯れをして来たのか、ついつい想像しかけるのだけれど、さすがに親世代のことは難しいし恥ずかしいし、すぐ打ち切っていつもの題材、日夏と真汐と空穂の物語に戻りたくなる、と美織の家を出てから恵文は打ち明けた。

〈ママ〉の屈託

朝の最初の授業が始まるまでの時間、そこが定位置ででもあるかのように廊下の窓辺に陣取り、後から登校して来る生徒たちを眺めている者の中には、ひそかに目をつけている見かけのいい男子生徒を一目見たいという者もいるに違いないが、穂苅希和子の目当てはもちろん蓮東苑子で、校門を通り抜けてやって来る人影が苑子だとわかると「今日の苑子の髪はツーサイドアップか。似合ってるわあ」と褒めたたえ、微笑みで顔をとろけさせた。久武冬美や須永素子がおざなりに「よかったね」と言うのも耳に入っているのかいないのか、苑子が窓の下あたりに来ると体を乗り出して「苑子、おはよう」と大声で手を振り、二階の希和子を見上げた苑子がにっこり笑って応えると、苑子の視線が自分からはずれるのを待って「可愛いー」とばたばた足踏みをする。

「おまえらは可愛くないけどな」

後ろから男子生徒の声と数人の足音がした。

「ブスの朝礼ご苦労さん」

バカにしているのがありありとわかる笑い声が続く。通りすがりにこういういやなことばを投げかけられることはままあって、わたしたちの間では相手にしない、声の方を向きもしないという対処の方針が定まっていた。しかし、そんなことばが耳に入った直後一瞬会話を途切れさせてしまうことが多いのはくやしいことだった。

「また反応しちゃった」冬美が唇を噛んだ。

「あれくらいの攻撃にね」希和子も苦々しげに言った。

「修業が足りないね、わたしたち」素子も頷いた。

「よく少女マンガでさ」冬美が怒り顔で言い出した。「女の子のことブスブス言ってた男の子が、ある日『おれはほんとうのブスにはブスと言ったことがない』って明かす場面があるじゃない。『だったら何なの？』って訊きたくならない？」

「なるなる」素子が勢い込んで答えた。「ほんとうのブスに向かってであろうがなかろうが、他人に面と向かってブスと言った時点でその男は最低な奴だから見直したりしないし」

「でも、マンガの中ではそう聞かされた女の子が頰を染めたりして、何かすごくいいことを聞いたみたいな反応するんだよね。全然理解できない」

「ブスって言う時の男が『どうだ、傷つくだろう』って顔してるのがいやだ」希和子も言った。「ブスって言われることより、あの卑しい顔がね」

「よその学校もうちみたいに男女仲悪いの？」冬美が尋ねた。

「うちほど仲悪いとこ、多くはないんじゃない？」素子が言った。「わたしが期待してたような青春はここにはなかった」

井上亜紗美が男子クラスの幼なじみ、磯貝典行に聞いたところでは、男子が女子を嫌う風潮をつくり出しているのはボスである鞠村尋斗だという。

「尋斗は女が嫌いなんだよ。ネットのアダルト・サイトは見るから性欲の対象は女みたいだけど」磯貝典行は二人の家のそばの路上でそう言って眉をしかめたそうだ。「自分で女が嫌いだとは絶対言わないけどね。テレビに出てる女評論家とか学校の女を批評する時なんか、背筋が凍るくらい冷酷だよ」

同じ学年の女子に好意を示すと鞠村の機嫌が悪くなる。亜紗美と磯貝のようなただの幼なじみ、純粋な友達でも、話をしているところが鞠村の目に入るとしばらく冷淡に扱われるから、二人は決して学校では近づかず放課後家の近くでこっそり会う。

「どうしてこんなに尋斗を気にしないといけないんだろうなあ」典行はこぼしたという。

「あいつには絶対的な支配力があるから誰も逆らえないんだよな」

「やっぱり鞠村が元凶だよね」希和子が言った。「あいつさえいなければねえ」

「でも鞠村に流されて攻撃的な態度をとる取り巻き連中はもっと嫌い」素子が吐き棄てる。

　そんな陰鬱な話をしていても、日夏と空穂が肩を並べて登校して来る姿が目に入ると、わたしたちの気分は変わる。空穂は頭の左側のそこだけ外にはねた髪の毛を気にして撫でつけている。日夏が手を出してカーラーの代わりに自分の指先に空穂のはねた髪の毛を巻きつける。空穂が何か話しかけると髪の毛は自然に日夏の指先からほどけ、空穂は今度は自分で髪の毛を指に巻きつけ日夏に笑いかける。

「今日も朝から仲がいいね」いつの間にか窓辺にいた恵文が楽しそうに言った。

「空穂の家に泊まってたのかな？」恵文の隣で花奈子が言った。

「でも真汐一緒じゃないね」冬美がまわりに問いかける。「もう来てる？」

「まだだと思う」

　空穂の母親の伊都子さんが夜勤の晩、日夏と真汐はよく空穂の家に泊まって翌朝は三人で登校して来るのだが、日夏だけ、あるいは真汐だけが泊まるということはこれまでになかった。不審がるほどのことではないのかもしれない。二人は空穂の家から来たのではなく、駅で出会って一緒に来ただけなのかもしれない。けれども、〈わたしたちのファミリー〉の一角が欠けているというだけでわたしたちは胸騒ぎを覚えた。〈ママ〉はどうしていないんだろう？　〈パパ〉と〈王子〉が〈ママ〉と離れたがるはずはないし〈ママ〉がいなくて平気なはずはない。〈ママ〉はどこなのか？　〈パパ〉と〈王子〉はあんなにのんきに歩いていていいのか？

日夏と空穂が私たちの真下を通り過ぎ男子クラスのある位置に差しかかった時、二階から男子の声が降った。

「お姉さま、僕とも遊んで」

「日夏お姉さま」

男子たちと同じ二階にいた面々は反射的に声の方角に注意を向けたし、空穂も目線を上げかけたが、日夏は頭をぴくりとも動かさず空穂との会話を続けながら校舎に入って行った。廊下の向こうの方で窓に群がった四、五人の男子たちが「お姉さま、冷たい」などとなおも叫んだ。好意からではないのが嘲りの含まれたふざけた声色を使っていることでわかるけれど、日夏が相手だと、さっき希和子たちにかけたつまらないことばとは別種の、屈折した話法でのちょっかいのかけ方になるものだ、とわたしたちは思い知った。

階段を上って来た日夏と空穂が廊下に姿を現わした。「お姉さま、おはよう」と挨拶した花奈子に、「やめてよ、花奈子まで」と日夏は少し顔を曇らせた。やはり男子たちの嘲弄は聞こえていたけれど完全に無視してのけたのだと確かめられ、わたしたちは改めて「さすが日夏」と讃嘆することになった。

席に鞄を置くと空穂ははねた髪の毛に手を添え「髪濡らして来る」と言って教室を出た。空穂の背中に投げかけた「だからちゃんと一緒に起きてれば寝癖直す時間もあったのに」という日夏のことばに、あ、やっぱり空穂の家に泊まってたんだ、とわたしたちは悟り、胸がちくりと痛んだ。「真汐は？　真汐は？」と訊きたくても訊けずもどかしい思いでいると、出入り口に目を向けた日夏が小さく「あ」と声を漏らした。真汐が無機的な顔つきで入って来て、だるそうに自分の席にすわった。日夏は当然のように立ち上がり真汐のもとへ行った。ほっとしたわたしたちだったが、顔を上げて日夏を認めても真汐の表情が変わらないので、またも胸に暗雲が立ち籠めた。

日夏が前の席に腰を下ろして話しかけると、真汐もちょっと微笑んで愛想を示した。日夏は自分の制服の袖口をいじったりしながら、ごくさりげなく話を続ける。話の内容はわたしたちには聞こえないが、真汐が興味をそそられ顔に生気を取り戻したのがわかった。日夏は話術が巧みというのでもないけれど、人の注意を惹く話し方をするのだ。日夏が話に区切りをつけて笑いかけると、真汐も釣り込まれたように笑った。そこからはいつもの〈パパ〉と〈ママ〉の親密さが戻り、髪の寝癖を直した〈王子〉も戻って来て真汐の肩に腕を回し、腰をずらしてもらって同じ椅子に落ちついた。

完全な絵が再現されたとわたしたちは胸を撫で下ろしたのだが、一度宿った不安が簡単に吹き払われるわけもない。これ以降〈わたしたちのファミリー〉像は全き円満なものからどこか不穏で不安定なものに変化する。しかしいったんそうなると、不穏さや不安定さもまた心を揺さぶり好奇心と感情を掻きたてる材料であることに、わたしたちはたちまち気づくのだ。わたしたちはわたしたちの見ていない所で何があったのか想像し、何が起こっているのか、これからどんな成り行きになるのか思いめぐらし、現実に知り得た情報を基にしつつも、わたしたちを納得させ楽しませるストーリーを妄想を織り交ぜて導き出そうとする。日夏と真汐と空穂に向ける目はよりいっそう欲望にうるむ。

揺らぎの始まりはこんなふうであっただろう。

修学旅行の昂奮も冷め日常が戻って来た頃、日夏と真汐は泊まり支度を整えて空穂の家に集まる。伊都子さんは夜勤なので気がねはいらない。夕食の時から笑いが炸裂する。空穂が豆腐に缶詰の粒餡をかけた創作料理を出したからだ。「大豆と小豆だから〈大小《だいしょう》豆《まめ》〉って名づけた」と空穂は得意顔だが、おそるおそる箸をつけた日夏と真汐は浮かない表情になる。

「何だろう、頭が塩辛い味を予想してるせいか甘い味が口に入るとすごく気持ち悪い」

「豆腐と小豆って合わないわけじゃないと思うんだけどね。あんみつにかけるような蜜をかけるといいかも」

「いや、これ以上手を加えない方がいいよ、絶対」

苦しむ日夏と真汐を横目に、空穂一人は「塩辛さを予想するからまずくなるんでしょ。そこはあえて想像力を断ち切って虚心に味わわなきゃ」とうそぶきながら平気な様子で〈大小豆〉を口に運ぶ。ここまでは〈わたしたちのファミリー〉に聞かされた実話である。実のところはいつの話だったのか定かではないけれど、その晩も似たような調子だったに違いない。

三人は狭い空穂の寝室ではなくテレビのある和室に蒲団を敷いて寝るのだが、蒲団が二組しかないので空穂を真ん中にして横たわる。（これもわたしたちの聞き知っていることだ）。蒲団の境目は寝心地が悪いので、空穂はそのうち左右どちらかに寄り気味になる。置いて行かれた方も温もりを恋しがって空穂を追い、最後は三人身を寄せ合って眠りに落ちるのを待つかっこうになる。密室には妙に人を照れさせるところがあるから三人は学校にいる時ほど家ではじゃれ合ったりしないだろうと、わたしたちは推測している。しかし、何かの拍子に戯れ合いのスウィッチが入ることはあるだろう。

灯を消した後、早くも瞼を閉じて眠る体勢になった空穂の顔を日夏と真汐がくすぐり始める。初め頭を左右に振って「何するのぉ」と抗議する空穂だが、刺戟に馴れたのか眠気で感覚が鈍ったのか、やがて抵抗をやめおとなしくなる。真汐も寝ようと手を引っ込める。が、暗闇の中ぼんやりと、日夏の白い手が空穂の頭や顔を優しくいじり続けているのが見えて、なぜかどきりとして目が離せなくなる。指先が空穂の額から鼻梁を伝って口元にすべり落ちる。少しの間唇をつまんだり押したりして遊んでいた指は次に口を割り中に押し入って行く。静けさの中かすかに湿った音がたつ。

空穂が何か言おうとしたが、ことばにならないくぐもった声が漏れただけ。日夏がくすっと笑う。空穂の声も日夏の笑いも低く抑えられていたのはどうしてだろう、と真汐は訝《いぶか》しむ。どういうことをやっているのか、つぶさにはわからない。でも楽しさが伝わって来る。真汐も手を出してみることにする。伸ばした指に空穂の耳たぶが触れる。耳殻の形をなぞり窪みに人差指を差し込む。その時「お、技を開発した？」と日夏の声がする。空穂の顎の動きが耳のまわりに置いた真汐の手にも感じ取れる。空穂の舌や歯が日夏の指と絡まり合っているのだと思う。耳の中には舌も歯もないからそういう遊びができない、と真汐の気持ちは萎《な》える。いや、それ以前に空穂は日夏との戯れに集中していて真汐のちょっかいには気がついていないのではないか。

日夏と空穂と三人でいて初めて自分は忘れ去られていると感じ、真汐は空穂に伸ばしていた手を胸元に戻す。心臓の鼓動が手を打つように強い。つまらない。面白くない。不満だ。いやだ。感情を表わすことばをたぐるうちに胸が急速に冷えて行く。あれ？

どうしてこういうことになるの？　「こういうこと」というのが自分の気持ちの変化を指すのか、日夏と空穂の親密さの深まりを指すのか、真汐自身も見定められない。呆然と蒲団の中で固まる真汐をよそに、空穂は吹き出し日夏もつられて笑い声をたてる。「もう寝るよ」と日夏が言ったのは空穂に対してであって、わたしのことは念頭になかっただろう、と真汐は確信する。

わたしたちは聞き知っていることを織り交ぜながらさらに想像を拡げて行く。数日たっても真汐の耳にはその晩闇の中で起こった空穂と日夏の笑い声が残り、学校からの帰り道、横断歩道の信号が青に変わるのを待つ間などのふとした時に再生される。そのたびにうごめき広がるもやもやに胸を圧迫され、真汐の気分は下降する。日夏と二人で空穂を拾って以来、三人の親しさの均衡が崩れることなど想像もしたことがなかった。というより、日夏がわたしよりも他の誰かを優先することがあるとは思ってもみなかった。中等部三年生の時に大勢の中で頬を打たれてからというもの、日夏はずっとわたしを包み込み世話をし寄り添ってくれていた。初めの頃は償いのつもりかと冷笑的な気持ちもあったけれど、いつからか常にわたしを快適にしてくれる日夏に心を許していた。その安らかな心地がずっと続くと思っていた。

通学鞄を提げた真汐は家に着いて鍵を使って玄関扉をあける。煮魚の匂いがむっと鼻をうつ。リビング・ダイニングで母親と弟の光紀《みつき》が夕飯を食べているところだ。母親とは「ただいま」「お帰り」の挨拶を交わすが、光紀は真汐を一瞥しただけで黙って食事を続ける。光紀の箸の持ち方は完璧で自由自在に箸をさばいて煮魚の身をむしる。横顔の鼻筋は美しく黒目がちな瞳は可愛らしい。「性格もたぶん悪くないんだろうけど、ここ数年ろくに喋ってないからわからない」と真汐はわたしたちに話した。母親は光紀を真汐と同じ玉藻学園に入れようとしたが、真汐も光紀も同じ学校はいやだと猛反発したので、光紀は別の中学に通っている。中学三年の光紀は来年ランクの高い高校に進みたいそうで、早い時間に夕食をとって夜は母親の送迎で塾に行く。

母親にご飯を今食べるか訊かれ「まだいい」と答えると、母親は真汐の分のおかずにキッチン・パラソルをかぶせ、食べ終えた光紀を促してリビング・ダイニングを出て行く。ほどなく車庫で車のエンジン音が響きやがて遠ざかると、真汐はようやく寛いで熱いお茶を淹れる。光紀が塾で勉強している間母親はフィットネス・クラブで運動をして過ごすので、十時過ぎまで二人とも帰って来ない。父親は帰って来るかもしれないけれど、それまでは一人でのびのびできる。ご飯をよそいながら、真汐が中学受験をした時には塾にも行かせてもらえなかったし家庭教師もつけてくれなかったのを思い返す。後にそれを母親に言ったら「だって、あなたは塾になんか通わなくても受かりそうだったし」と弁解したが、真汐は「わたしにはあんまり関心がないからでしょ」と心の中で言い返した。

真汐が自分で弁当を作るようになったのは、母親が弟の好きなおかずばかりを詰めるからだ。朝ランチ・ボックスを差し出しながら母親が光紀に「今日はみっくんの好きなおかずにしたからね」と真汐には向けたことのない甘い声で言うのにうんざりして、自分の分は自分で用意する決心をした。母親は「洗い物がふえる」「食材のストックが把握できなくなる」と文句を言ったが、強く止めはしなかった。「どうせなら光紀の分も作ってくれたらいいのに」などとも言っていたけれど、それを聞いた光紀はいやそうな顔をしたし、母親が愛する息子の世話を焼く権利を放棄する気がないのは知れたことだった。

まあ光紀は顔もいいし勉強もできるから可愛がられるのは当然だ、と真汐は思っている。小学校の時、親戚の集まりで酒に酔った伯父から「真汐も光紀みたいな顔だったらよかったのにな」と言われた。真汐はそうなのかなと素直に考えただけだったが、伯父の妻を始めまわりにいた女性陣がいっせいに「何てこと言うの」と伯父を責め「真汐ちゃんは成長するにつれてどんどんきれいになるタイプよ」と真汐を庇《かば》ったため、どうやらひどいことを言われたようだと気がついた。ふだんは忘れているエピソードなのに調子がよくない時には思い出される。姉より優秀な弟がいるのはかまわないけれど、容姿まですぐれているといささかやりづらい。光紀は母親似だし。

記憶が甦るといつものように、早く自立して家を出たいという願いが首をもたげる。日夏との仲が〈夫婦〉と呼ばれるようになって、どっちが夫でどっちが妻なのかはともかく、ほんとうに日夏がパートナーのように思えて来て、そのうち空穂という庇護する対象もでき、時々はほんとうにいつか三人で暮らしてみたいという気持ちになったものだ。毎日帰る現実の家族よりも日夏と空穂との方が安心できてほんものの家族のようだった。だけど、この頃何かが変わった。確か修学旅行の後からだ。空穂が日夏に目立って甘えるようになった。日夏もそれを受け入れている。日夏と空穂の心がわたしから離れたのだとしたら、もう家族ごっこも楽しめない。どうやらわたしはかなり日夏と空穂との関係に依存していたみたいだ、と真汐はいっそう気落ちする。気軽なお楽しみのつもりだったのに。

真汐の胸中はおおよそそのようであっただろう。

冷淡な奉仕者

真汐が一人で行動することが多くなった。昼休みなど「購買部に行って来る」「家に電話して来る」などと告げて日夏と空穂から離れ、そのままチャイムが鳴るまで帰って来なかったりする。誰もいない理科室で人体模型を前にイヤホンからの音に合わせて踊っていたとか、英単語をぶつぶつ唱えながら校舎の裏を行ったり来たりしていたとか、体育館で下級生に交じってバスケットボールをしていたとか、樹齢百二十年のケヤキの下で祈りを捧げていたとか、いろいろ目撃情報は聞こえて来たが、どれも真汐には似つかわしくないようで、確かなのは誰もが面白おかしく話を作ろうとしていることだけだった。

真実味があったのは恵文の目撃談で、図書館に本を返しに行った帰りに、真汐が藤巻先生と立ち話をしているのを見たという。伸ばした腕より少しだけ遠いくらいの間隔で向き合い、なぜか二人とも軽く腕組みをしていて、ことば数は多くないけど会話が途切れない程度には身を入れて、平淡ながらも楽しそうに話していたとのことだった。人と人との会話というよりサバンナで仲のいいヌーとミーアキャットが一緒にいるような眺めだった、と恵文は説明した。「何で藤巻さんなんかと話すの？　楽しいの？」とふくれたのは空穂だった。

日夏は真汐の動向を静観していた。どこかへ消えようとする真汐を目の端で捉えはするが追うことはなく、空穂とともにわたしたちの世間話の輪に加わる。真汐がそばに戻って来れば何のわだかまりも感じさせず機嫌よく迎える。藤巻さんと真汐が立ち話をしていたという目撃談を聞いた日、「藤巻さんと何の話してたの？」と尋ねた口調もふだん通りの温かいものだった。真汐はちょっと照れた様子を見せた。藤巻さんと仲よく話していたのを知られたことに照れたのか、日夏の変わることのない優しい接し方に照れたのか、とわたしたちは考えた。真汐は話し始めた。

「この学校の男子が何であんなに女子に攻撃的なのかって話をしてたの。藤巻さんの言うには、高校生くらいの年頃の男は流行性の病気にかかったみたいに異性を嫌うことがあるけど、それは一過性のものでもう少し成長すれば治まるって。今はいろんなストレスを全部異性にぶつけてるだけだって」

「いいね、ストレスぶつける相手がいる人たちは。わたしなんかどこにもぶつけられないのに」

珍しく声に怒りをにじませた冬美の方を向いて真汐は続けた。

「うん、わたしも藤巻さんにそう言ったよ。あと、わたしたちが男子たちにいやなことを言われても言い返さないのは、平気だからじゃなくて男の憎しみと腕力には絶対かなわなくて怖いからだとも言った。そしたら藤巻さんは男子も実は女子を恐れてるんだって言うの。だから反論したの。そんなの現実にそぐわないことば遊びだと思う、だって圧倒的に男子の方が女子より腕力が強いんだから、男子が女子に感じる恐れなんてそんなに大したものではないでしょうって

「藤巻さん、何て応えた？」日夏が面白そうに尋ねた。

「うちは中途半端な共学だから、男女混合クラスにするか、男女の校舎が完全に別棟だったらもっと平和だったかもしれないなあって」

「ふうん、言いくるめようとはしないんだ」日夏は微笑んだ。

　その日の放課後、わたしたちの何人かは〈わたしたちのファミリー〉とともに最近新しくできたファミリー・レストランに寄り道をした。ピラフを注文した真汐は運ばれて来た皿を見て「うっ」とうめき「何でこんなに大きなピーマンが入ってるの？」とこぼすと、フォークでピーマンをすくい上げては隣の日夏のスパゲティの皿に投げ入れ始めた。日夏が苦笑して「移すのはいいんだけどさ。ゴミを捨てるみたいに放り込むのはやめて」と言うと、真汐は楽しげに笑った。日夏に愛され受け入れられているのが嬉しくてつい頬がほころんだようにわたしたちには見え、日夏と真汐の夫婦仲を案じる日々ではあったけれど、つかの間つられて微笑むことができたのだった。

　日夏と違って空穂は真汐がそばにいないのをはっきりと気にした。真汐の後ろ姿を目で追い、日夏に「わたしたちは行かないの？」と問いかけたこともあった。日夏が「いいの。誰だって用事はあるもんだよ」と頬を軽く叩いてなだめると、空穂はそれ以上何も言わなかった。わたしたちとしてはもう少しぐずってほしいところだったが、空穂が日夏や真汐、特に日夏に触れられてあやされるとまんまと鎮まってしまうのはいつものことなので、なおも日夏の指先で頰を撫でられたりつつかれたりして空穂が〈いい子にしている〉のを眺めるばかりだった。

日夏は触り方がうまいというか触れられた者が気持ちよくなる触り方をすることは、わたしたちも身をもって知っている。「生まれ持った才能」「愛撫の天才」「わたしたちが日夏に憧れてるからっていうのもあるかもしれないけど、他の子に触られたってあんなふうには感じないよね」などと称賛する美織や恵文だけではなく、日夏に触れられたことのある者の多くが「親猫に毛づくろいされる仔猫の気分になる」とか「触り方が優しくてためらいがなくて余裕があって、そのまま身をまかせたくなる」と口をそろえる。「友達として触って人をあんなに気持ちよくできるなら、恋人相手だったらどれだけうっとりさせるだろうね」と言ったのは誰だったか。そこまでのことを想像しようとすると、どきどきし過ぎてわたしたちの頭は真っ白になってしまう。

真汐も空穂も、日夏にあんなになついたのは触れ方のうまさに惹きつけられたところもあるのではないか。特に日々多彩な愛撫を受けている空穂は。そして、確かに修学旅行から帰って来てから空穂はよりいっそう日夏になついた。以前は日夏のそばにいても、かまわれないとじきに退屈してよそ見をしたり落書きを始めたりしていたのに、修学旅行以後はそわそわすることもなくなり安らいだ表情でじっとしているようになった。ゲームに出て来る言いまわしを使えば「空穂の日夏へのなつき度が上がった」「空穂はレベル・アップした」という感じで、それはわたしたちに「絶対に日夏と空穂の間には新しい何かが起こった」と信じさせるに充分な状況証拠となった。真汐がいないと寂しそうではあるけれど日夏のそばを離れない空穂は、〈夫婦〉が別れどちらかについて行くとしたら日夏と決めているかのようだった。

そこでわたしたちは、日夏と空穂が二人だけでいる夜を思い描くのである。

朝、空穂に「今夜は伊都子さん夜勤なんだけど」と告げられた日夏は、休み時間に真汐に「泊まりに行く？」と尋ねる。真汐は静かに「今日はいいや」と答える。このところの真汐の様子からして半ば予想していた筈だったけれど、日夏は一瞬真汐を見つめてしまう。その時のことを思い出すと日夏はほろ苦い気持ちに陥る。わたしは感情を表に出さない主義なのに、うっかりしてしまった。幸い真汐はわたしの顔を見ていなかったから、気づかれなかったかもしれない。でも「わかった」という返事も一瞬遅れたことを思うと舌打ちしたくなる。誰かに見られはしなかっただろうか。（花奈子が見ていた）。

「真汐ちゃん、この頃どうしたのかな？　ちょっと変わったよね？」

空穂の家で向かい合って食事をしている時、空穂が言い出す。今日の献立も空穂の創作料理で、温めた豆腐に納豆を載せた物。刻み葱と胡麻と醤油がかかっている。日夏がで大《だい》小豆で今日は大《だい》豆食品同士を合わせるの？」と尋ねると、空穂は「この間は大小豆で今日は大《だい》豆」と得意げに応じる。大小豆ほど趣味の悪い組み合わせではないので、渋い表情にはならないで食べ進むことができる。ふと気がついて「醤油かけてるんだから大大大豆《だいだいだいまめ》じゃない？」と指摘すると、空穂は「ほんとだ」と楽しそうに微笑む。なごやかな気分にふわりと誘い込まれて日夏も笑う。

「どうしたんだろうね」空穂の問いかけに日夏は答える。「わたしたちの方は変わらないんだから、真汐が戻って来るのを待ってればいいんだよ」

少し間を置いて空穂が問いを重ねる。

「日夏は真汐ちゃんを嫌いにならない？」

「何で？　嫌いになる理由なんてないでしょ」

「どういう理由があったら嫌いになる？」

「そうだね。真汐の牙が抜け落ちてつまんない女になったら」

そんな会話をしていると、自分と空穂がそれぞれの妻であり母である真汐と別居している父子家庭の二人のような気がして来ないでもない。クラスの連中が勝手にわたしたちを〈パパ〉だの〈ママ〉だの〈王子〉だのと呼ぶのに、知らない間にわたし自身が染まってしまったんだろうか、と日夏は顧みる。真汐がいなくて寂しそうな空穂を見ると不憫でいとおしい。一方で寂しいなら真汐に向かって駆けて行けばいいのに、というような突き放した気持ちにもなる。わたしはいつも好きな人や物に対して冷たい気持ちといとおしい気持ちを両方抱く。だから何ものにもほんとうに耽溺《たんでき》することはない。

　空穂はわたしに耽溺してる、と空穂の頰に唇や舌を這わせながら日夏は考える。耽溺というと言い過ぎだろうか。夢中というのもそぐわない。空穂はもともとわれを忘れて何かに溺れるほどの強い自我は持っていないから、せいぜい今わたしに〈凝っている〉くらいのことだろう。日夏は舌先に力を加え空穂の頰に円を描く。空穂は気持ちよさそうに目を閉じている。空穂とこういうことを始めるまで頰への刺戟が快感に繫がることを日夏は知らなかったので、人間の官能の神秘に感動を覚える。腕の中で身をゆだねている空穂が可愛い。頰の肉を吸い、続いて歯を立てると空穂はぴくりと体を震わせるが、優しく舐めるとまたうっとりと力を抜く。

　空穂が前はしなかったような甘え方をするようになったのは、修学旅行から帰ってからだと日夏も気づいている。空穂の肩に腕を回していると日夏の手を撫でたり、日夏の手を空穂の顔に誘導して手出しを求めたりする。そうしたかったのか偶然なのか、空穂が日夏の掌に口をつけたことがあって、ああ、そういうこともやっていいんだ、と閃《ひらめ》いた日夏は空穂に覆いかぶさるようにして、ひんやりした頰に唇を当てた。手指でやることも唇や舌でやることも大きな違いはなさそうなのに、一段ステージを上ったような感じがしたのはなぜだろうか。ふざけ半分でじゃれている状態から、より気持ちがいいことを探る方向に舵を切ったためだろうか。

やっぱりあの体罰が引き金になったんだろうな、と日夏は思い返す。左右を確認しないでふらふら道路に出て行った上に叱ると口答えをした空穂を、口答えをする気がなくなるくらい厳しく叱らなければいけないと思ったんだった。いかにもな暴力はだめだけれど、時に親が子を躾けるためにするおしおきを模した行為なら愛情も伝わるし、どこかコメディのような笑える要素もあって、わたしと真汐も叩かれる空穂も深刻な不快感は抱かないんじゃないか、と直感した。空穂はびっくりした様子だったけれど、そして恥ずかしそうだったけれど、「ごめん。反省した」と言って右手でわたしの、左手で真汐の手を握った。

「小さい頃伊都子さんにもこっぴどく叩かれてたけど、それよりは痛くなかった」とも言っていた。それを聞いてわたしは空穂の不運な育ちに胸が痛んだ。でも、わたしのしたことも暴力には違いないし褒められることではない。実際罪悪感がないわけではない。その罪悪感がいとおしさに結びついて、わたしはいっそう空穂を可愛がりたくなる。空穂が気持ちいいと感じることをしてあげたくなる。もちろん自分が面白いからやっているのでもあるけれど。こうすれば喜ぶだろうと予測してやったことで本当に相手が喜ぶのを見ると楽しい。そういうことのできる自分に価値を感じるのではなく、演算や操作が正解だったのを喜ぶようなものだ。わたしは人にサービスするのが好きだけれど純粋な優しさは持ち合わせていない。

空穂はたぶんあの体罰で何かに目覚めた。触れられる楽しみにとても敏感になった。前はぼんやりとされるがままになっていたのに対して、今は刺戟を深く味わおうとしている。それでも、空穂にとってはわたしとの関係は相変わらず疑似親子関係であって、唇や舌での行為も親子の情愛の表現の範疇《はんちゅう》のことと受け止めているだろう。わたしたちはお互いの舌を絡ませようとはしないし、乳房への愛撫はやりたいとも思わないし求められもしない。首から上の空穂の気持ちのいいポイントを探し当てて可愛がっているだけだ。

だいたいわたしは舌を絡ませる深いキスが好きではない。中等部の時に弓道部の女の先輩とキスを交わしていた時期があって、技術的には上達したけれど、感覚的には何がいいのかよくわからないままだった。頬や額への軽いキスはしたくなっても、深いキスは映画のキス・シーンを見ても気持ちが悪いと感じがちだから、キスを楽しむ素質がないのだろう。キスは精神的な行為だと言う人がいるけど、それがほんとうなら、精神的な行為に感応しないわたしの心はかさかさに干からびているのかもしれない。恋愛感情を抱いたことがないし、この先誰かに抱くことがありそうな気もしない。せいぜい真汐とか空穂のようなお気に入りの人間をわたし流のやり方で愛でるくらいだろう。

そういえば、わたしは姉に「あんたは冷たい」と言われたことがある。家族をあまり顧みないからだそうだ。しかし、わたしに言わせれば姉が異常に家族に、というか母に執着しているのだ。結婚して家を出ているくせに週に一度は里帰りして来て、母にくっつきベチャベチャと喋り続ける。わたしには「お母さん孝行しなさい」と姉ぶった説教をする。なぜならば母の結婚生活は不幸だったからだという。

「日夏が物心ついた時にはだいぶ改善されてたけど、わたしが子どもの頃はお父さんひどかったのよ」八歳年上の姉は話す。「やることが陰性でね。お母さんの料理の味つけが気に入らないと、こうしてほしいと頼めばいいのに、黙って立って行って自分で味つけし直すの。お父さんはお母さんの手を煩わせたくなくて自分でやったのかもしれない。でも、お母さん後で食器洗いながら泣いてたんだよ」

日夏はそんな悲しい光景は見たことがない。自分の両親は、美織の両親のような親友っぽい仲のよさはないけれど、父は母の誕生日には花を贈るし出張に行けば必ず何かお土産を買って来る。母もありがたそうに受け取る。休日に二人で出かけることもある、ごく普通の夫婦らしい夫婦だと思う。まあ美織の両親と比べると、自然に思いやり合っているというよりは、義を尽くし合っているような水臭さは感じる。けれども、すべての夫婦が理想的な関係を築き上げられるはずもないのだから、うちの両親くらいうまくやっているなら上出来なんじゃないか、むしろ普通ではないのは二十代半ばにもなって母にべったりな姉だろう、と日夏は批判がましく考える。

そんなに母親が気になってしかたがないなら、結婚なんかしないでアパートでも借りて母を連れて引っ越してずっと一緒に暮らせばよかったのに、と毒を含んだ思いも湧いて来る。来るたびに兄とわたしに向かってくどくどと説教する姉が、ある日「お母さんはわたしたち子どものために離婚しなかったんだから」と言った時には、さすがに話をつくってるだろうとわたしはあきれたし、兄は即座に「そんな言い方ないだろう。子どものために離婚しなかったなんて、いちばん言っちゃだめなことだぞ」と抗議した。兄も姉がうっとうしかったのか何なのか、関西の大学に進学を決めて去年の春から家を出た。アルバイトを口実になかなか家に帰って来ない。

兄が出て行ってくれたのは幸運だった。三つ年上の兄とも仲よくも何ともなくて、喧嘩ばかりしていたから。兄は偉そうな説教はしないが、やたら皮肉ばかり言う人だった。言い返そうとがんばったおかげでわたしも皮肉の腕を磨くことができたし、精神的にも鍛えられた。小学校六年生の時、朝食の席で喧嘩になって兄にチューブのマヨネーズを顔にかけられたことがあった。はらわたが煮えくり返ったけれど怒りを見せるのがいやで、わたしは持っていた食パンで頬についたマヨネーズをぬぐい、食べて見せた。そこまで鍛えてくれた兄に感謝すべきだろうか。今でも好きではないけれど。

こうして見ると、うちは家族仲が悪い。姉と母のあれは健全さの疑われる癒着だし、実はいちばん健全度が高く安定しているのは父と母の間柄ではないだろうか。その結論が出た時、日夏は姉の的はずれぶりに思わず笑いを漏らした。が、その直後に、もしかすると姉は兄とわたしを父にそむかせ、父を子どもたちから遠ざけ、母と自分の絆を中心とした家族をつくり出したくて、ひどい父とかわいそうな母のストーリーを捏造し、兄とわたしに刷り込もうとしているのではないか、と思いついた。いくら何でも姉がそんなに邪悪なわけがない、とすぐに打ち消したものの、思いついたことの毒気にやられしばらくの間胸が悪かった。

真汐とわたしはしょっちゅう家を出て一人暮らしをしたいという話をするけれど、空穂はそういうことを口にしたことがない。母一人子一人だからわたしたちとは事情が違うのだろうけど、独立したいという気持ちはあまりないのだろうか。訊いてみようか、と日夏が思った時には空穂はもう寝入っていた。空穂の掛蒲団を直してやり、日夏も自分の蒲団に落ちつく。真汐がいないので蒲団一つを一人で悠々と使え楽なのだが、人気が遠いせいか温もりが足りないような気がする。真汐はいつわたしの元に戻って来るだろうか、と考える。真汐が現実の家を出るよりも前に、わたしと空穂との三人の〈ファミリー〉を抜けるとは思えない。

同級生たちが勝手に日夏たちに当て嵌めている〈ファミリー〉というイメージをまたも自分で使ってしまったことに、日夏は面映《おもは》ゆい気持ちになる。わたしたち三人も同級生たちも、一生〈ファミリー〉などと言って遊んでいられるわけではない。真汐とも空穂ともいずれ離れる日がやって来る。高校生活だってあと一年と少しだ。大学はみんなそれぞれの志望大学、志望の学科に進むから毎日会うこともなくなって、新鮮な生活の中、高校の同級生への関心は薄くなるだろう。誰が友達として残るか今はまだわからない。だからこそ、あと一年と少しの間、真汐には近くにいてほしい。わたしにとって真汐ほど面白く目が離せない人間はいないから。

そうして日夏と空穂二人だけの夜は更けて行く、というところで〈ファミリー〉を見守るわたしたちの妄想はいったん終わる。

## 高く跳べない

学校の体育の授業ほど身体能力に恵まれない者の自尊心を傷つけ運動嫌いにさせるものはない、と恵文は主張する。恵文は前屈で足の爪先に指が届かないくらい体が硬い。小学校の時から体育の授業でつらい思いをしていて、先生の「練習すれば体はやわらかくなる。体が曲がらないのは努力しないからだ」ということばを信じ、毎日家で痛みに耐えて前屈の練習をしていたのだけれど、確かに数センチは曲がりがよくなったものの、とても足先に指が届くまでにはならなかった。「いくら努力してもできない人はできないんだよ。何でそれがわからないのかな」と恵文は怨念も露わに力説し、「その頃は誰もが体の硬い世界に行けたらと空想してた」と悲しそうに話した。

空穂もまた体育が極度に苦手だった。何をやっても動作がぎこちなく機能的で美しい動きができない。上半身と下半身の連動もおかしく、バスケットボールのドリブルはボールをつきながら進もうとすると足がもつれてよろけ、進めたと思えばボールが手から離れて転がって行く。五十メートル走のタイムを測った時にはあまりの遅さに「全力疾走って言ったでしょ？　全力疾走の意味わかるよね？」と体育教師、ツチヤを読み替えてドヤさんと呼ばれる土屋佳恵先生に叱られていた。きっと空穂は生まれてから今までずっと全力疾走というものをしたことがなく、全力疾走のやり方も知らないだろう、とわたしたちは推察した。体の動かし方がよくわかっていないのだ、小さい頃帯で繫がれて自由に動き回れなかったんだし、と。

三学期になってから体育の授業で走り高跳びをやった。マラソンより楽だし体育館での授業でグラウンドに出なくてすむので、わたしたちにとってとてもいやな種目というほどではなかった。それに自分は大して跳べなくても人が上手に跳ぶ姿を見るのは楽しい。多くは無難な挟み跳びだけれど、バスケット部の城島環の見事な背面跳び、日夏や鈴木千鶴のベリーロールは見逃がしたくないものだった。中には自己流の変わった跳び方でしか跳べない者もいて、それもまた楽しい見ものだった。

バーの高さ八十センチから始まった。ドヤさんが「普通に歩けて走れる人ならみんな跳べる」と断言したこの高さを、案の定空穂と恵文は失敗した。恵文は「わたし高所恐怖症だから跳べないんだよね」とつまらないことを口にしながらも二度目は何とか成功させたが、空穂は二度目もバーに足をぶつけた。本来二度失敗すると失格になるところをドヤさんは「跳ぶ瞬間に腿を体に引きつけて」とアドバイスをして三度目に挑戦させた。空穂は言われた通りにやろうとはしたけれど腿が上がりきらなかった。そこで見切りをつけて下がらせるものと思われたが、ドヤさんはわたしたちと同じように空穂をかまいたい欲求に駆られたのか、空穂の背中を転ばないように支えもう一方の手で腿を持ち上げて「いい？　ここまで上げるのよ」と指導して四度目を跳ばせた。しなやかさのない空穂の体は腿を高く上げると空中でバランスを崩し傾いてバーごとマットに落ちた。

ドヤさんはマットの上の空穂を見下ろして「全員百センチは跳ぶと思ったんだけどね」と残念そうに言い、空穂がわたしたちの方に戻りかけると「高校生の標準くらいには体を鍛えなさい」と声をかけた。体を鍛えると言っても、体も硬く平衡感覚もなく敏捷性もない空穂ほどの運動音痴だと、筋力をつけたところで人並みになれるかどうか疑わしい、というのがわたしたちの見方だった。しょげた様子で空穂が戻って来ると、真汐が誰にともなく言い出した。

「標準とか平均ってさ、よくできる人もあんまりできない人も合わせて算出してるわけでしょ。だったら標準より低い人っていてあたりまえだよね。低い人が標準レベルに上がったら標準もそれまでより上がって、その新しい標準より低い人がまた出て来る。結局能力の低い人はずっと低いところにいるんだよね。それを考えると標準をめざすのってばかばかしいよね」

別に聞こえよがしに言うつもりもなかったのだろうけれど、真汐の声がわりと通るのとドヤさんの耳がいいせいで聞こえてしまったらしく、ドヤさんが真汐に顔を向けた。ドヤさんは無表情だったけれど怒り出さない保証はないので、おろおろしたわたしたちは救いを求めて日夏を見た。日夏はおそらく意図的にのんびりとした調子で言った。

「能力の低い人でも一ポイントでも力を上げることができれば全体の中で順位が低くても意義がある、っていうのが指導する側の考えなんでしょ」

「それはわかってる」即座に真汐は言い返した。「わたしが言ってるのは能力の低い人の気持ちだよ。一ポイントや二ポイント力上げるために適性のないことにみじめな思いしながら努力しても、全体の中でのランクは依然として低いままじゃやってられないじゃない」

ドヤさんも突然始まった議論にびっくりした様子だったけれども、わたしたちもついに日夏と真汐が激突して訣別する時が来たのかと緊張した。日夏が真汐を諫《いさ》めて見せてドヤさんの機嫌をやわらげようとしたのは真汐にもわかるはずなのだが、ここのところの二人の微妙な距離のとり方からして、勢い余って事故の起こる可能性はあるように思えたのだった。日夏は弱く頷いて「うん」とだけ応えた。議論を続けてもしかたがないのだから適切な態度だった。真汐の方は、日夏に言い返したことで昂ぶった感情の始末に困ったのだろう、憤懣《ふんまん》を顔に残したまま視線を泳がせた。

その時腕を伸ばして真汐の手をそっと握ったのは空穂だった。空穂は真汐を鎮めようとするようでもなく守ろうとするようでもない慎ましやかな所作で、だいじそうに両手で真汐の手を包んだ。何を言いたいのでもないけれど、とりあえず空穂が真汐のことを思っているということは伝わる手の差し延べ方で、ああいうふうにされたら真汐でなくとも力を抜くに違いないとわたしたちは思った。何だかあどけない表情になった真汐は空穂の肩越しに日夏の顔を探した。日夏の笑顔を確認すると、真汐も目を逸らせながらごく淡い微笑みを浮かべた。ドヤさんまでもが気分がよくなったようで、手を打っていい音を一つ鳴らすと「次、九十センチ跳んで」と声を放った。

九十センチでは恵文や久武冬美の他二人が脱落した。脱落した者は列から離れて見学していなければならず、恵文は誰かが失敗して自分たちの所に来るたびに歓迎してハイタッチを交わした。バーに体当たりして吹っ飛ばす者、バーの手前まで行って踏み切れずなぜかバーをはっしとつかんで硬直する者、失敗のしかたもさまざまだった。九十五センチで失敗した須永素子は踏み切りかけて踏み切れずもう一度踏み切った拍子にバーを蹴り飛ばし、ドヤさんに「空手の二段蹴り？」と訊かれた。佐竹由梨乃は、動画サイトで見た韓国のアイドルの運動会で韓国人がやっていた、両足を使って跳び上がり前方宙返りの要領でバーを越える跳び方を試みて、体を丸めそこね腹でバーを叩き落とした。「どれだけ面白くバーを落とすかを競う競技じゃないから」とドヤさんが呼びかけた。

大半が百センチをクリアできなかった。「跳べる気がしない」と言っていた真汐は、それまで挟み跳びで跳んでいたのに突然跳び方をベリーロールふうに変え、ぎりぎりでバーは乗り越えたものの不自然に体をひねって危うい角度で頭からマットに落ちた。すぐに体を起こしたので無事だとわかり、安心したわたしたちは「何、今の？」「跳んだと言うより落ちたよね？」と野次を飛ばした。ドヤさんが「飛び降り自殺みたいな跳び方はやめなさい」と注意すると、真汐は苦笑して「もう一回やろうとしてもできません」と愛想よく応えた。そのことば通り、百五センチでは変に体をひねらず素直な落ち方をしたもののバーも一緒に落として失格した。

極端に斜めの方向から助走して体の側面をバーと平行にして跳ぶ独特な流儀の井上亜紗美は百十センチを失敗した。「中等部の時は百十五跳んだのにな。体重ふえたからかな」と亜紗美は嘆いたが、亜紗美の変則的な跳び方をあと何回かは見たかったわたしたちも落胆した。ベリーロールの日夏も百十センチでは足を引っかけた。「亜紗美が跳べないのにわたしが跳べるわけないよね」と、さっぱりした表情で失格者のエリアに向かった。結局百十センチを跳べたのは鈴木千鶴と城島環の二人だけで、残りの者は千鶴と環が失敗するまで見学することになった。

千鶴が百二十センチで終わり、百二十五センチも二回目でクリアした環ただ一人が残った。身長が百七十センチあるのも有利なところなのだけれど、ためらいなくバーに背中を向けて跳び上がり間違いのないタイミングで足を上げ体を丸めるさまは、まるで後頭部にも肩甲骨にも腰にも踵にも目がついているかのようだった。その環が百三十センチを二回ともしくじった時には脱落者エリアからいちどきに溜息が漏れた。ドヤさんはさらに三回ほどやり直させたが、環はどうしても跳べなかった。それどころか三回目はもう疲れてしまって体が上がらなくなっていた。「はい、お疲れさん。惜しかったね」とドヤさんはねぎらったが、環は無念そうに落ちたバーを睨んだ。

とても長く感じられた体育の時間が終わると、更衣室で花奈子が環に「あれだけ高く跳べたら気持ちいい？」と尋ねた。

「気持ちよくないよ、一瞬だもん。棒高跳びなら気持ちいいんじゃない？　滞空時間長いし」

「そうだね」郁子が賛同した。「ポールの反動を利用して上って行く時、すごく気持ちよさそう」

「わたしだめだ」恵文が言った。「気持ちよさそうだけど高所恐怖症にはできないよ」

「高所恐怖症じゃなくたってできないでしょ、恵文には」美織が笑いながら断じた。

「誰かにつかまって目をつむって跳んでみたいな」恵文は憧れの面持ちで言った。

わたしたちは「うわっ、迷惑」「お荷物」「虫がよ過ぎる」と恵文を総攻撃したけれど、恵文ではなく、どこかの可愛らしい人間二人が一緒にポールを使って宙に舞い上がるファンタジックな映像を思い浮かべると、確かに憧れを呼び覚まされた。二人の人間の重みでポールが大きくしなり、ああ落ちる、と見ている者たちが思った瞬間ポールがまっすぐに戻り、二人は空に向かって跳ね上がる。空に吸い込まれて消えてしまうんじゃないかと見ている者たちは案じるけれど、バーを越えた二人は楽しそうににこにこしながら降りて来るのだ。家に帰って一人になったら今脳裡に描いたこの映像をもう一度再生してみよう、とわたしたちは心に決めた。


体育の授業の後真汐が一人教室を出て行くのを見て、わたしたちの妄想ストーリーは発動する。

空穂に軽く握られた手の感触が甦るたびに真汐の胸の底からは滾々《こんこん》と温かいものが湧き出して来ることだろう。そうすると真汐はくすぐったいような、むずむずするような、じっとしていられない感覚に襲われ、教室を出て歩き出す。この抑え込みたくもあり湧き出すにまかせたくもある気持ちは何だろう。でも歩いていると、だんだん抑え込みたい気持ちが抜けて胸の温かみをよりよく味わえるようになる。素直で純情な自分が生まれて来るような気がする。

素直で純情といえば空穂なのだけれど、空穂に触れられてわたしも同じようになったのだろうか。空穂はふだんから人を素直にさせるところがある。人は空穂に対して安心して素直になり、この可愛い生きものをいじりたいというような妖しい欲望まで実行してしまう。やり過ぎれば空穂もいやがるだろうけれど、同級生たちがやる程度のことは空穂は受け入れる。それでますますみんな空穂の前では素直になる。わたしも日夏も例外ではないどころか、素直にさせられるからこそ空穂が好きで手放さないのだ。そんなことを考える真汐は幸福感に近いものを感じる。

前方を出席簿で肩を叩きながら藤巻先生が歩いて来る。素直になっている真汐はいつになく明るい目で藤巻さんを迎える。藤巻さんは一瞬意外そうに眉を動かすが、いつものように温和な顔を真汐に向ける。

日夏によると、真汐と藤巻さんの間に優しい空気が流れるようになったのはごくたわいないことがきっかけだった。中等部三年の二学期の中頃、中等部一年生から高等部三年生まで朝から学年ごとに一時間ずつ、順番に授業をつぶしてグラウンドの草むしりをやらされた時のこと、姿勢は苦しいし面白味はないしで、わたしたちは手元の草の種類にもろくろく注意を払わず機械的に作業を行なっていたのだが、たまたま真汐が四つ葉のクローバーを見つけた。真汐はいらなかったのでそばにいた日夏に「いる？」と訊いた。日夏もほしがらなかった。じゃあ誰にあげようかと見回した時、これもたまたま近くにいた男子クラスの担任、藤巻先生と目が合った。

確か藤巻さんには小学校低学年の娘がいたはず、と気がついて真汐は「お嬢さんにあげてください」と藤巻さんに四つ葉のクローバーを差し出した。藤巻さんは気難しいと評判の女生徒の思いがけない好意に驚いた表情をして「いいのか？　幸運は自分のものにした方がいいんじゃないか？」と確かめ、真汐がいいと言うと「ありがとう。娘が喜ぶよ。この恩はきっと返すからな」と満面の笑みを見せた。持っていたくない邪魔な物を渡しただけの真汐は、藤巻さんが行ってから日夏に「何であのくらいのことであんなに喜ぶのかな？」と話しかけた。日夏は「藤巻さんくらいの年になると人に親切にされる機会が少なくなるらしいから、ちょっとしたことでも感激するんじゃないの？」と答えた。

ともあれ、それ以来藤巻さんは真汐に好意的で、好意を受ける真汐もしだいに大人一般に対するかたくなさを藤巻さんに対してだけは解くようになった。その日も出席簿で肩を叩きながら歩いていた藤巻さんが真汐を見て足を止めると、自分から話しかけるのだ。

「またよけいなことを口に出して土屋先生に睨まれました」

「土屋先生は根に持つような人じゃないけどな」藤巻さんはゆったりと応える。

「わざわざ敵をつくるなんてバカだとわかってるんですけど、口や体が理性よりも先に動いてしまいます。前途多難です」

ほんとうに珍しく真汐は訴えかける。藤巻さんもそれが嬉しい。

「だけど、今里のそういう損得考えないまっすぐなところを愛してやまないやつも必ずいるから。今だって舞原や薬井がついてるだろ。世の中敵ばっかりじゃないぞ」

空穂に手を取られてからの続きで素直になっている真汐はふっと泣きそうになる。しかし、ぐっとこらえて薄い微笑みを浮かべて見せる。

「それならありがたいですけど」

藤巻さんは真顔で頷く。それ以上は何も言わず行ってしまったけれど、実はわたしが泣きそうになったのに気がついていたんじゃないか、と真汐は思い、こんな時とはいえ弱みを見せるにもほどがある、と自分が憎らしくなる。再び歩き始めてまた空穂の手の感触を思い出し、まあいいか、と口の中でひとりごち、武装しかけた気持ちをあふれ出る温かいもので溶かす。藤巻さんの言ってくれたことばを思い返す。十年後わたしはひとりぼっちで藤巻さんのこのことばに必死ですがろうとしているかもしれないな、と笑いたくなる。でも今は励まされてしまった。

真汐は藤巻さんの行った方向を振り返る。藤巻さんの愛娘がわたしのような性分ではなく、大勢の人に愛されて楽々と人生を送れますように、と真摯《しんし》に祈りながら。

# 第四章　ロマンス混淆

## 叩かれる子ども 2

三学期が始まって間もない日、登校して来た空穂が口を開くなり「久しぶりに伊都子さんに叩かれた」と言った。「どんな悪いことしたの?」と花奈子が尋ねると、「確かにわたしが悪いんだけど」と前置きして話し始めた。

「ダイニングの床にミカン落として、忘れてそのままにしてたらカビが生えてドロドロになってたんだよね。起きて部屋で着替えてたらダイニングから雄叫《おたけ》びみたいな声がして、伊都子さん朝から勇ましいな、いくさに出かけるのかなって思いながら部屋を出たら、伊都子さんが突進して来てバチーンとやられた。わたしが戦いの相手だったみたい」

わたしたちは空穂のとぼけたような語り口に少し笑ったけれど、痛ましさに胸がきゅっと絞られ空穂の左頰に打たれた跡を探した。とりあえず手形もなければ赤く腫れてもいないことに安堵した。

「かわさなきゃ」花奈子が言った。「さっと」

「不意討ちだったから。で、腕つかんで連れて行かれて床で緑色になったミカンを覗き込まされて。だらしない、家のことをまかせられないって怒られて、背中を拳でガシガシ叩かれた」

「よけなよ」郁子が悲しげな声を出した。

「ここは叩かれといた方がいいかなって思ったの、怒りの発作がおさまるまで。実際、わたしがミカン捨てて床拭いてるうちに落ちついて、エタノールでの除菌は伊都子さんがやったし。顔はまだちょっと怒ってたけど」

後ろに立っていた真汐が席にすわっている空穂の両肩に手を載せた。日夏も横から手を伸ばして空穂の頰に触れた。

「よく学校来たね」花奈子は溜息交じりに言った。「わたしならむしゃくしゃして日帰りの旅に出ちゃうよ」

「家出じゃなくて日帰り？」美織が笑った。

「だってお金ないし。転がり込む先もないし、自力で稼ぐ才覚もないし。小田原にでも行って温泉につかって帰るよ」

「旅行行った方がいいのは伊都子さんだよ」空穂がきっぱりと言った。「仕事が忙しいからいらいらしてるみたいなんだよね。そのうち職場でも患者に暴力ふるって警察沙汰にならないか心配。癇癪《かんしやく》起こす人だから」

空穂の頭を撫でていた真汐の手が止まった。わたしたちも口の中に苦い味を感じた。諦めとあきれと静かな怒りが盛り込まれた空穂の声音には迫力があって、誰も「親のこと、そんなふうに言っちゃいけないよ」のような、もっともらしい小言を口にする気にはなれなかった。世の中にはもっとひどい暴力をわが子に加える親がいるのは知っているけれど、また、空穂と伊都子さんの間に愛情が通っていることもわかっているけれど、伊都子さんの乱暴のエピソードを何度か聞かされるうちに、空穂の極端な受動性は母親に叩かれて育ったせいなんじゃないかなどとつい想像してしまうのだった。

日夏が何げない感じで訊いた。

「もしほんとに伊都子さんが警察沙汰になるような事件を起こしたらどうする？」

空穂は考えてから答えた。

「見捨てるわけにも行かないから、拘置所なり刑務所なりに面会に行くよ。差し入れ持って」

「忠実だね」「子の鑑《かがみ》だね」と感心するわたしたちをよそに、日夏はさらに尋ねた。

「自分の身のふり方は？　マンションのローンも残ってるだろうし、ニュースにもなるだろうから世間の目もあるし」

「そこまで具体的に詰める？」

美織が口を挿んだが、空穂はやはり真剣に考え込んだ。

「学校辞めて働かないといけないだろうね。ローンの保険は刑務所に入った時は下りないのかな。わたしじゃ払えないから売ることになるよね。世間の目か。知らない人ばかりの所に引っ越さないとなあ。でも面会に行かなきゃいけないから、あんまり刑務所から遠い所には住めないね」

「別にわたしたちからは身を隠さなくてもいいんだよ」真汐が言った。「時々会いに行くからね。黙って行方をくらまさないでね」

日夏も頷いた。空穂は後ろの真汐に顔をめぐらせて「ありがとう」と微笑んだ。

空穂と伊都子さんの母子愛のストーリーはそれはそれでしみじみとするところもあったけれども、〈わたしたちのファミリー〉を楽しむ者たちとしては、日夏と真汐と空穂が一緒に暮らそうという話にならないのが残念だった。最盛期ほどべったりとくっついてはいないにしても、真汐は前ほどには一人になろうとはせず、また日夏と空穂と一緒にいることが多くなっていたからでもあった。

同じ日、美織と恵文が真汐をつかまえて「時々会いに行くだけなの？　三人で一緒に住まないの？」と尋ねてみると、真汐は「まだあの続き？」と笑い「そりゃ空穂が一緒に住んでほしいなら住んでもいいよ。でも、空穂は伊都子さんの出所を待つ気なんだから臨時の同居人なんていらないんじゃない？」と淡々と見解を述べた。まあ現実はわたしたちの期待通りには行かないよね、とわたしたちは話し合い、伊都子さんが刑務所に入るというストーリーは、〈わたしたちのファミリー〉本人たちからの貴重な発案ではあったけれど、特に実りもなさそうだから採用しないことにした。

「やっぱり母一人子一人だと、そうそう簡単に母親から離れる気にはならないだろうね」

「伊都子さんがもっとひどい虐待者だったら空穂が逃げ出すようにしむけるのに」

「やめてよ、今以上の暴力を空穂が受けることなんて想像したくもない」

「そうだ、伊都子さんが再婚すればいいんじゃない？　空穂も家にいづらくなって日夏たちと暮らしたがるよ」

「いい考え。伊都子さんも幸せになるし。でも再婚相手見つかるかな？」

「わからない。どんな人が合うのか見当もつかない」

わたしたちは伊都子さん再婚案も棚上げし、もう少し現実の方から養分をもらわなければ妄想も大きく育たないから先走るのはやめて観察・観賞を続けよう、ということで合意した。わたしたちは能天気な野次馬だったけれども、どうあがいても日夏や真汐ほどには空穂の人生にかかわれないことに無力感を抱かなかったわけではない。しかし、わたしたちの役割は見て解釈し脚色して物語り伝えることなのだから、現実を動かす役割を与えられてはいないことはわかっていた。それでも空穂が伊都子さんに叩かれたと話した翌日、体育の着替えの時空穂の肩甲骨に二箇所青黒い痣《あざ》が印されているのが目に入った時は、もう学校も家も放り出して〈わたしたちのファミリー〉を取り囲み守りながらどこかへ走り出して行きたいと願わずにはいられなかったのだった。

その場では何も言わなかったものの、空穂の肩甲骨の青痣に視線を留め、瞬間感情がこみ上げた気配を見せた日夏が、空穂と二人の時にどんな言動をとったかは当然気にかかることだった。真汐は誰よりも不快そうな顔になったのだけれど、おそらく空穂の家に泊まりに行くことはやめたままだと思われるので、ここからのわたしたちの妄想場面には登場しない。

寝る直前に英語の単語やイディオムを憶えることにした日夏と空穂は、蒲団にもぐり込んで単語帳に目を落としている。日夏は静かに集中しているが、日夏ほど集中力のない空穂は時々仰向けになったり横向きになったりしながら勉強を続けようと努める。空穂は耳がいいので外国語の発音は得意だが単語を憶えるのはそう早くはない。歌のメロディだと単純なものなら一度聴いただけで憶えるのに、他のことはどうして同じように行かないんだろう、とまわりも空穂自身も首をひねる。それでも周期的に集中できる時が訪れるのか、空穂がぴたりと無駄な動きを止めることがある。空穂が真剣な眼差しで単語帳を読んでいる時、日夏が空穂の方を向く。気づいた空穂が単語帳を見つめたまま「寝てないよ」と知らせると、日夏は「寝てると思ったんじゃないよ」と笑う。「……って言ってたら眠くなって来た」と空穂は単語帳を手にしたまま枕に顔を埋める。

日夏が単語帳を置いて声をかける。

「ちょっと背中見せて」

「背中？」

なぜとも訊かず空穂は蒲団の中でパジャマの前ボタンをはずし始める。日夏が「別に脱がなくていいから」と止めると、「えっ、どうすればいいの？」と困惑しながらとりあえず掛蒲団をどける。「左腕、袖から抜いて」「俯せになって」という指示にもすんなりと従う空穂を日夏は可愛らしいとも痛々しいとも思うが、そんな思いにこだわる暇はなく、細い体を見下ろしてそっとパジャマの左側をめくる。左肩甲骨の二つの痣は青かったのが黄色に変わっているものの、まだくっきりと目立っている。更衣室で感じた胸の痛みに再び見舞われる。

空穂は自分の背中に痣ができているのを知らないのか「入墨なんか入れてないよ」と無邪気に訴える。日夏は黄色い痣の一つに人差指でそっと触れ、「ここ痛い？」と尋ねる。「痛くない」と即答した空穂は、ようやく触れられているのが伊都子さんに叩かれた所だと察したようで、「跡残ってる？　今は痛くないよ」と答える。「押しても痛くない？」「どうかな」「ちょっと押すよ」「うん」というやりとりをしてから、日夏がそっと押すと空穂は「あ、少し痛い」と伝える。「ごめん」とあやまる日夏に「いや、そんなにあやまらなくても」と空穂は屈託がない。「叩かれた時に比べたら蚊に刺されたくらいの痛さだし」。

日夏は空穂の後頭部を撫でながら黄色い痣から目が離せないでいる。痣も撫でたいけれど、撫でたら痛いだろうかと躊躇《ちゆうちよ》する。でも、この傷を癒したい。欲求のままに痣に口をつけ舌で舐める。動物の母が子どもにするように。舌はやわらかくて温かいから痛みは与えないはずだ。空穂は特に動じることもなく日夏の行為を受け入れているけれど、念のため「痛い？」と訊いてみる。「ううん」という返事なので日夏は優しく舌を動かし続ける。時々唇を当ててみたりもする。あいている手で空穂の頭や腕を撫でるのはサービス好きの性《さが》だ。一つ目の痣をある程度慰めると、二つ目の痣にも丁寧に舌を這わせる。

だらりと伸ばした空穂の腕を撫で下ろして手を引いた時、すぐそばにある俯せのお尻に手が載る。修学旅行の夜に叩いてしまった記憶が甦り、「叩いてごめん」と心の中で詫びながらその丸みを撫でる。適度なやわらかさと張りが掌に快い。スポーツの経験のない空穂のお尻がなかなか魅力的に締まっているのは、子どもの頃から一緒に遊ぶきょうだいがいないため毎日一人で家の近くを周回していたかららしい。お尻を撫でるのって変だろうか、という疑問がよぎるが空穂は全く抵抗もしないしいやがっていない。そもそも日夏に触れられて空穂がいやがったことは一度もないのだ。

空穂はいつの間にか寝息をたてている。可愛いという気持ちに体の芯を貫かれ日夏は空穂を抱きしめる。空穂は身じろぎし、眠そうな声で「ああ、寝ちゃってた」と呟いて寝返りを打とうとする。「パジャマ着よう、ちゃんと」と言いながら日夏は空穂が袖に腕を通すのを手伝い、仰向けになったところで前ボタンをはめてやる。下の方からはめて行って残ったのが上のボタン三つになった時、片方の乳房のふくらみの三分の一ほどが覗いた寝姿に目がとまる。無防備で清らかで可憐で保護欲をそそるし、軽くつついたりくすぐったりしてからかってみたくもなる。これは一種の色気なんだろうか、空穂ほど色気と縁のない子はいないと思っていたけれど、と日夏は自分の発見に驚く。

そんな発見に足をとられることもなく、日夏は空穂のパジャマのボタンを全部留め終える。そして掛蒲団をかけようとするのだけれど、また寝入っているように見える空穂を今一度見下ろし、肌を見せていないとやっぱりあるのは小動物めいた可愛らしさだけだと確認する。でも可愛らしさというのはどうしてこんなに人に誘いかけるんだろう、可愛がって、可愛がって、可愛がって、と。日夏は不思議がりながらまた空穂の上に乗りかかり体に手を添わせる。空穂は目を覚まし、これも不思議そうに「どうしたの？寂しくなったの？」と尋ねる。そういうわけじゃ、と日夏が苦笑とともに否定するよりも早く、空穂は日夏の体をぎゅっと抱く。

「いいよ。くっついて寝よう」

寂しいのは空穂の方じゃないの、と言い返すかどうか迷った日夏だが、空穂がせっかく優しい申し出をしてくれてるんだから受け入れてしまおう、甘えたかっこうになるのはいやだけど、ここは空穂の優しさを無駄にしないでおこう、と決めて「ありがとう」と応える。空穂に重なったまま日夏は枕元のリモコンに手を伸ばし暖房を切る。続いて少し体を起こし、延長紐がつけられて長く延びた電灯の紐を引く。掛蒲団をしっかりかぶって改めて空穂と体を寄せ合う。温かくて気持ちがいいけれど何となくせつない感じが起こり、もしかするとわたしはほんとうは空穂の言った通り寂しかったんじゃないか、と疑いが湧く。

寂しいのではないな、と日夏は疑いを打ち消す。今感じたせつなさは普通に言う寂しさとは違うようだ。わたしが誰であろうとどんな生いたちのどんな人間であろうと抱くに違いない、息をするところの源にあって常に幸福感の裏側に貼りついているような感情だ。昂揚する感情ではないから、できれば気づかないでいたかった。平板な安らぎだけ感じたかった。まあ、せつなさに囚われるほどわたしは感傷家ではない。可愛い生きものがそばにいるのだから楽しまない手はない。

空穂の寝息はもう深い。上唇をつまんでちょっと引っぱってみるが目を覚まさない。こんな力の弱い頼りない子が心配してくれたのが嬉しい、と日夏は目元をやわらげる。空穂も何十年か後には腰回りの太い逞《たくま》しいおばさんになるのだろうか。年をとった伊都子さんとは力関係が逆転して、伊都子さんに「そんなに怒ると損するだけだよ」などとお説教をするんだろうか。世馴れて強くなった空穂は今の非力な空穂とはまた別の面白さがあると思う。早く伊都子さんよりも強くなればいい。明日だと早過ぎるけれど。まだまだ今の空穂を楽しみたいから。そんなことをぼんやり考えているうちに日夏も眠りに落ちる。

## 母子プロレス

「この頃は一人しか泊まりに来ないの？」

ダイニング・キッチンのテーブルで向かい合って夕食をとっている時、伊都子さんが空穂に尋ねる。水切りラックに二人分の食器しか伏せられていないので変化に気づいたのだ。空穂は伊都子さんの手作りの小松菜と油揚げの煮びたしを、さすがに自分の作る創作料理よりおいしいとしみじみ思いながら飲み下し、「うん」と答える。もちろんわたしたちは現場にいたわけではないので、これは虚実まじえた想像上の場面である。伊都子さんは続けて問いかける。

「どっちの子が来るの？」

「日夏」

「ああ日夏ちゃん。もう一人の子は？　ボーイ・フレンドでもできて忙しくなったの？」

「真汐ちゃんに？　それはないと思う」

「まあ女の子はいろいろあるよね」伊都子さんは食卓の桜島大根の漬物を目で示す。

「あんた、お漬物全然食べないね」

「それ、お酒の味がするんだもん」

「お子様舌だね。お子様なのは舌だけじゃないか」

　伊都子さんが笑うので空穂もしかたなく笑う。

「あんたもあの高校入って面倒みてくれる友達ができてよかったね。あたしの言う通り玉藻学園選んどいてよかったでしょ？」

　伊都子さんは得意げだけれど、職場で付近の高校の話題が出た時にたまたま人が「玉藻学園ならイメージいいんじゃないかな」と言うのを聞き、ちょっと学費などを調べて空穂に「玉藻学園受けなさい」と命じただけだから、自慢できるほど選択眼がすぐれていたわけじゃない、と空穂は思うが口には出さない。もともと伊都子さんも空穂も高校なんかどこでもいいと考えていて、学力に見合った県立高校を適当に受けるつもりだった。空穂は玉藻学園について何も知らないまま勉強量をふやし、首尾よく合格した。結果的に日夏や真汐たち同級生に恵まれたけれど、これだって偶然で、他のクラスに入れられていたら全然友達もできなくて一人ぼっちで三年間過ごすはめになっていたかもしれないと、空穂は理解している。

「だけど、日夏ちゃんと真汐ちゃんは空穂のどこがいいんだろうねえ」

伊都子さんがからかっているのか心底疑問なのかよくわからないけれど、空穂は抗議しておくことにする。

「母親なら想像つくでしょ、わが子のどこがいいかくらい」

「いや、わからない」

機嫌がいい時の伊都子さんは空穂をかまいたがる。空穂が高校生になってからは、かまいたがるというよりはかまってほしがる。うるさいけれど空穂はつき合う。

「わたしにもわからない」

「あんた家のこととか何もできないから放っておけないのかねえ」

「わたし、やるようになったじゃない」空穂は本気で腹を立てる。「へたなりに料理も掃除も洗濯も。した方がいいって日夏と真汐ちゃんに言われたから」

伊都子さんもすまなそうな顔になる。

「この頃はやってたか、そういえば」

「お母さんのＬＬサイズのパンツだって洗ってるのに」

伊都子さんは興味の持ち方にむらがある。空穂に関しても「勉強しなさい」とやたらに言う時期があったかと思うと全く何も言わなくなったり、「勉強しなさい」と言っていた時期でも空穂の試験の順位が何番くらいか憶えていなかったりで、空穂はほんとうは伊都子さんはわたしに関心がないんじゃないかと疑ったことがある。関心がないわけではなくて関心が一貫していない、安定していないだけなのだとわかったのは最近のことだ。空穂が伊都子さんの留守中どの程度家事をやっているかということも、注意を向ける時期がまだ訪れていないから気づいていないのだ。

「LLって言ってもね、本来はLサイズなんだから」伊都子さんは熱弁する。「締めつけない方が体にいいから、あえて一つ上のサイズを穿いてるんだからね。ゆったりしてお臍まで覆うパンツがいちばんいいんだよ。あんたも浅いパンツばっかり穿かないでお臍まであるの穿きなさい」

「いやだ。学校じゃ誰もそんなの穿いてないよ」

「どんなの穿いてるの？」

「レースつきのとか。日夏は足入れる所にゴムがなくてフリルみたいにひらひらしてるの穿いてた。わたしもああいうのがいいな。締めつけないし」

「そんなしゃらくさいのなんか」伊都子さんはせせら笑う。「最近女性用の褌《ふんどし》がはやってるらしいね。どこも締めつけなくて健康的なんだって。穿きたいけど、おしゃれな褌は高くてあほらしいから病院の売店で売ってるT字帯を買って来ようかと思ってるの。褌と同じ形だから」

「それだけはやめて。わたし褌は洗濯しない」空穂は悲痛な声を上げる。「母親がおじさん化するなんて断固拒否」

「ひどいね。おじさんになったくらいで洗濯もしてくれないなんて。あたしはいつもあんたの物全部洗ってたのに」

空穂は伊都子さんの相手に飽きて来る。同じようにからかいかけて来るのでも、日夏だと包み込まれ、あやされている心地がするのに伊都子さんだと甘えかかられている気分になる。伊都子さんは昔は絶対的なボスだったのに。上からものを言うところは変わっていないけれど、どこかすがりつくような寄りかかるような弱さが漂い出るようになった。受け止めきれずうっとうしく感じてしまうのは、わたしがまだ子どもだからだろうか、と空穂は自問する。癇癪を起こした時には昔の強大だった伊都子さんに戻るけど、それはそれで迷惑だ。もう少し円熟した人柄になってくれればいいのだけれど。日夏の方が伊都子さんより大人だと思う。

伊都子さんが喋るのをやめて自分をじっと見ていることに空穂は気づく。空穂の視線を受けて伊都子さんが口を開く。

「あんた、日夏ちゃんが母親だったらよかったのにって思ってる?」

「え？　そんなことないよ」即答したのは伊都子さんに遠慮したからではない。「日夏はクラスじゃ〈パパ〉って言われてるし」

伊都子さんがもう少し何か言ってほしそうにしているので空穂はことばを継ぐ。

「日夏には面倒みてもらってるけど、やっぱり友達を母親とは思えないよ」

「そうだよね」

伊都子さんが気がすんだ様子で頷いたので、空穂も一息ついてほうじ茶をすする。今言ったのは一応ほんとうの気持ちだけど、実際にわたしが抱いているのは伊都子さんが喜ぶような感情だけじゃない、といくらかのうしろめたさを空穂は感じる。日夏に触れられると気持ちがいいけれど、伊都子さんに触れられると気持ちが悪い。日夏と一緒にいるとどんな面白いことがあるかと心がはずむけれど、伊都子さんと一緒だとふざけたり愉快な会話はできても未知の領域に踏み出せそうな胸の昂まりはない。ひとことでいえば、日夏といる方がずっと楽しい。無人島に誰かと流れ着くなら伊都子さんとより日夏とがいい。

無人島で日夏は器用に火を熾《おこ》すだろうし獣を獲るための罠も作るだろう。料理は真汐ちゃんがいちばんうまいけど、わたしだってどんな料理本にも載っていない斬新な料理を考案するのが得意だし、と空穂が空想に耽《ふけ》っていると、伊都子さんが再び口を開く。親身な口調だ。

「今どれだけ日夏ちゃんや真汐ちゃんと仲よくしてても、女は恋人ができたら友達は二の次になるからね。覚悟しときなさいよ」

「わかってるよ」

空穂はむっつりと応えるが、日夏や真汐はもちろん、花奈子やら恵文やら美織やらが恋に夢中になることなどほんとうにあるんだろうか、という疑問がぬぐいきれない。日本人の生涯独身率も上がっているし、結婚しない同級生が何人かはいるに違いない。考える空穂に伊都子さんがまた気に障ることを言う。

「だから空穂も一人で何でもできるようになりなさい」

「今だってだいたいのことは一人でやってるよ」

伊都子さんの頭にあるのはわたしが小学生だった頃のイメージで、今のわたしをちゃんと見ていない、と空穂はいらだつ。

「だけどミカン床に落として腐らせたりするじゃない」

そう言われると空穂も強く反発はできなくて、しぶしぶ頷く。伊都子さんは勝ったという顔をしている。ミカンの件を持ち出すなら叩いたことを後悔する表情も見せてほしい、と空穂は思う。でも伊都子さんにとっては空穂を叩くことなど取るに足りないことだから、きっと忘れてるんだろう。空穂は溜息をつく気にもなれず宙に視線を投げる。

朝から空穂が落ちつかない様子で椅子の上で腰をもぞもぞ動かしているので、花奈子が「蟯虫《ぎょうちゅう》でもいるんじゃないの?」と言うと、空穂は「痒《かゆ》いわけじゃないの。伊都子さんに褌穿かされてるの」と不服そうに応じた。わたしたちは「褌？」「ああ、はやってるんだってね」「えーっ、信じられない」「最近は可愛いのあるらしいよ」とさえずった後、「どんなの？　見せて」と頼んだのだけれど、「こんな所で見せられるわけないじゃない」ときっぱり拒まれた。

「穿かされてる」というのは次のような事情による。褌を着けてみたいと言った伊都子さんに空穂が「そんな物洗濯しない」と宣言してからしばらくたった昨夜、風呂から上がった空穂が着替えのパジャマの上に見つけたのは、用意しておいたはずのショーツではなく見たことのないピンク色の紐つきの木綿布で、最初は巾着袋かと思ったのだけれど両手で掲げると袋ではないし、上から見下ろしたり紐を引っぱってみたりした末に、布の幅からしてもこれはショーツふうにデザインされた褌の一種なんじゃないか、と思い当たった。

リビングでテレビを観ている伊都子さんの所にバスタオルを体に巻いた姿で飛んで行き、「これ、どういうこと？」と褌を突きつけると「あんたがあたしに褌を穿くなって言うから、まずあんたに穿かせて褌のよさをわかってもらおうと思ってね。それ、おしゃれでしょ？　色も可愛いの選んだんだよ」と涼しい顔で言う。「冗談じゃないよ」と怒って下着類をしまってある箪笥の引き出しをあけたが、空穂のショーツは一枚も見当たらなくなっていた。「どこへ隠したの？」と詰め寄ったが伊都子さんは口を割らず

「まあそう意固地にならないで、せっかくだから一日くらい着けてみてよ。気に入らなかったらもう着けなくていいからさ」というようなことを繰り返すので、根負けした空穂はしかたなしに褌を着けて床についた。

「そして今に至るってわけ」空穂はぶすっとして説明を終えた。「褌は正しくは『穿く』じゃなくて『締める』って言うんだよって言われたけど、知らないよ、そんなこと」

わたしたちは笑っていいものかどうか迷った。恵文がためらいがちに言った。

「ソフトSMプレイみたい。羞恥系の」

「SMプレイ?」空穂が目を丸くした。「わたし、いじめられてるの?」

「いたずら好きなんでしょ、伊都子さんは」日夏が言った。

「子ども返りしちゃってってね」空穂は頷いた。

「で、着け心地はどうなの?」真汐が尋ねた。

空穂は照れ臭そうに微笑んだ。

「悪くないよ。やわらかくてゆるくて気持ちいい。でも伊都子さんには着け心地悪いって嘘言ってやるの。わたしを実験台にしたから」

空穂は半ば真剣に、半ば戯れに伊都子さんと闘っているのだった。しかし、まだ伊都子さんとは幕内力士と褌かつぎくらいの力量の差があるので、いいように転がされるのは目に見えていた。

「わたしには後で見せてね」

そう頼んだのは、わたしたちのロマンス中の〈ママ〉であるところの真汐だ。

「うん。泊まりに来た時にね」

空穂は嬉しさの覗く顔で応えた。

そういうことがあったので、わたしたちは日夏と真汐と空穂が久々に三人で過ごす夜を思い描く。

蒲団の上に並んですわった日夏と真汐の前に膝で立ち、空穂はパジャマのパンツを下げる。さっぱりした風合いの三角形のピンク色の布地が顕われる。注目を浴びた空穂はどこか誇らしげだ。

「ほんとだ。予想より可愛い」真汐が感嘆する。

「こういう形、もっこ褌っていうんだって」空穂が説明する。「前に布が垂れてるのは越中褌」

「形は横で紐を結ぶタイプのショーツとあんまり変わらないよね」日夏も言う。「でも股間で布がだぶつくんだね。邪魔にならない？」

「あんまり気にならない」空穂は答える。

「後ろも見せて」

　真汐に注文され空穂は背中を向ける。後ろ側は前よりも布の面積が広く、お尻はほぼ覆われている。そしてやはり股間に寄せられた布地が波打っている。日夏はその思わず触れたくなる可愛らしさ、もしかしたら色っぽさかも知れないものに打たれて、ことばを発するのを忘れる。これは空穂のお尻の魅力なのか、それとも薄くてふわりとした布の魅力なのか、あるいは両方なのか、と真剣に考え込む。真汐は布のたわんだ箇所をつまんで「ここはどうにもならないのかな」と言い、縦や横や手前に引っぱってみる。

「真汐ちゃん、くすぐったいんだけど」と空穂が腰を引く。真汐は笑って今度は布地をぞんざいにつかむ。空穂は悲鳴を上げ真汐に向かって倒れ込む。

空穂は真汐に体重を預け、暴れたせいでゆるんだ褌の紐を結び直している。空穂を後ろからかかえた真汐の体もかしいで腕が日夏にぴったりとくっついている。三人で過ごすこんな親密な時間はいつ以来だろう、と思うと日夏の体は甘く寛ぐ。空穂の頭を撫でようと手を伸ばすが、途中で気が変わって真汐の頬を指先で軽く二、三度叩いてみる。真汐は顔を向けて「何？」と尋ね、日夏の微笑みが目に映ると頬を赤らめる。日夏で真汐が顔を赤くしたのが予想外で「え？ どうしたの？」とやや当惑気味に訊き返す。真汐は怒ったように「いいよ、何でも」と応えて空穂をかかえたまま本格的に日夏にもたれかかる。日夏の笑みが大きくなる。空穂が背後の二人の様子を確かめるために頭を傾ける。
〈わたしたちのファミリー〉のあるべき姿である。

## Sign of Affection

褌をめぐって伊都子さんの裏をかこうとした空穂だったが、伊都子さんに「あんまり具合よくないから穿かない方がいいよ」と嘘を告げると、伊都子さんは空穂の意図を見抜いてかどうか、「穿かないよ。初めから穿く気なんかなかったよ。このファッショナブルでスタイリッシュなあたしが褌なんか穿くわけないじゃない」と鼻で笑ったらしい。空穂は伊都子さんのLLサイズのパンツを全部、横の部分を切り取って褌の形にしてやろうかと思うくらい頭に来たのだけれど、実行する度胸はなく、黙って自分だけ時々褌を穿くことにしたとのこと。

それはそれで面白いけれど、わたしたちの興味はやはり、母子の褌をめぐる攻防よりもロマンスにあった。三月のある日、穂苅希和子の愛する蓮東苑子が男子クラスの古見《こみ》和生《かずお》に交際を申し込まれ承諾した、というニュースが伝えられ、瞬間的にわたしたちの関心をさらった。中等部の頃は同じ学年の男女がつき合った事例もあったけれど、男女仲がかんばしくなくなった最近では恋愛沙汰はめっきり聞かなかったし、よりによってぼんやりしていて何事にも熱意の薄い苑子が男子とつき合う気になったのが驚きだった。入学以来上級生を含む何人もの男子に交際を申し込まれたのを、すべてあっさり断わって来た苑子なのに。古見和生という男子に、成績はいい方だという以外に美男だとかリーダー格だとかいうふうな目立ったとりえが見当たらないことも、わたしたちの首をかしげさせた。

「苑子、どうしたんだろ。ついに人間性に目覚めたのかな。聞いて来る」

そう言って希和子は小走りに隣の教室に向かったが、やがて肩を落として戻って来た。

希和子が「古見って子、好きになったの？」と尋ねると、苑子はいつもの愛らしい声で「なってないよ。全然話したことないし。ただ、高校時代に男の子とつき合った思い出の一つくらいあってもいいかなって思って」と答えた。「思い出づくりのためだけ？」と希和子が念を押すと、非難されたと思ったのか「いいんだよ。あっちだってわたしの中味も知らないでつき合おうっていうんだから、わたしをほんとに好きなわけじゃないでしょ」と少しいやな顔をし、さらに「希和子だってわたしを可愛い可愛いって言ってくれるけど、外見しか褒めてくれたことないよね」と不意に刃を突きつけた。

「『だって中味はあんまり見えないし』って返したんだけど、苑子はまだ何かことばをほしがってるみたいだったから、『でも見える限りのものを愛してるよ』ってごまかして逃げて来た」

しょんぼりと報告する希和子に恵文が「上出来の返しじゃない？」とことばをかけたが、希和子は耳に入らない様子で「嫌われてたらどうしよう」とぼやく。花奈子が「誰かを嫌うほど感情豊かじゃないでしょ、あの子は。もう忘れてるよ」と慰めているそばで、須永素子が「顔だけでも好きになってもらえるならいいじゃないねえ。顔も中味も気に留められないより」と口にして、何人かが力をこめて頷いた。その後も希和子は「あーあ、つき合いたいわけでもないし愛されたいわけでもないけど、苑子がわたしに笑いかけてくれなくなったらつらいなあ」としばらく一人で悶えていた。

そんなわびしいロマンスをよそに、〈わたしたちのファミリー〉のロマンスも静かに進行していた。

相変わらず真汐は気の赴くままに日夏、空穂に近寄ったり離れたりしているのだが、その胸中をわたしたちはこれまでの想像を踏まえて新たに創作する。

この間空穂の家に泊まった時、日夏がわたしの頰を指で軽く叩いたあの動作、単語帳に載っていたのだけれど英語では pat というらしい。もっと詳しくニュアンスが知りたくて英英辞典を見てみると、解説文中の a sign of affection という記述が目を惹いた。

affectionとloveは違うのかとさらに調べたら、ある辞書にaffectionは「(子や妻に示すような)愛情、優しい思い」とあり、loveよりも限定的な愛情を意味するらしいことがわかった。それからはa sign of affectionという語句を思い出すたびに、いくらかの照れ臭さとともにふわふわとしたいい気分になる。

実際あの時、日夏がわたしをいとおしむ気持ちが伝わって来たし、触れられた頰にもとろけそうな喜ばしい感覚が起こった。見れば涼やかさと甘さが絶妙な割合で交ざり合わさった日夏の優しい顔が間近にあって、これがわたしの根拠地だ、同級生たちに〈パパとママ〉と呼ばれている通りこの人がわたしの伴侶だ、と久しぶりに思った。それで日夏にもたれかかって甘えてしまったのだけれど、心の片一方では日夏に手もなく籠絡《ろうらく》されてしまう自分がふがいなくて、くやしくてたまらなかった。日夏との関係は初めからそうなのだ。日夏は何をする時もわたしのいいようにやらせてくれ、わたしを受け入れてくれていて、それはとても心地いいのだけれど、手綱を握っているのは常に日夏で飼い馴らされているのがわたしだ。しかも日夏はいつでも手綱を放しわたしを遠ざけることができる。わたしたちの関係を主導するのはもっぱら日夏であることが、たまらなくくやしい。

日夏は女子の間で人気が高くて、日夏のファンからはよく「真汐みたいに日夏にだいじにされるなら、わたしだったら他に何にもいらない」と羨ましがられる。わたしだって日夏に好かれているのは内心自慢だ。けれども「他に何にもいらない」という心境になれないのは贅沢に馴れ過ぎているからだろうか。たとえば空穂にしても、わたしより日夏の方が好きだと思う。それはそうだろうと大いに理解できるのだけど、いつかのように日夏と空穂が二人の戯れに夢中になってわたしがはじき出されてしまうと、どちらにもいちばんには愛されていないことがとてもみじめに感じられる。空穂がわたしのことも充分好きなのはわかっている。日夏にとって空穂がわたしのかわりにはならないこともわかっている。

でも、あの二人の間にはあって、わたしと日夏、わたしと空穂の間にはないものが存在するような気がする。何だろう、瞬時に二人できわめて親密な状態に飛び込んで行ける気軽さのようなものだろうか。では、そういう気軽さが自分にもあればいいと思っているのか、また、日夏と空穂のしていたようなとても親密な戯れをわたしも日夏なり空穂なりとしたいと望んでいるのかといえばそうでもない。まあ空穂のことはふだんから気軽に愛玩しているからそれ以上の親密さを想像できないのだけれど、日夏の場合は少し違う。日夏と今以上に濃く交じわって気分よく気持ちよくさせられると、きっと日夏とわたしの関係は変わってしまう。もしわたしが空穂のように無防備に日夏の手に身をゆだねたら、日夏はわたしに失望してこれまでほどわたしがだいじではなくなるだろうし、わたしも自分がガードを解いて快楽に溺れるなどということは許せない。

わたしは意固地でプライドが高く着けている鎧《よろい》は重くて固い。日夏は今興味本位でわたしを鎧の上からコツコツ叩いたり揺さぶったりして反応を惹き出し、わたしを楽しませ自分も楽しんでいるけれど、いずれ空穂だけを連れてどこかに行ってしまう予感がする。だから、わたしは日夏とも空穂ともいつでも離れられるように心を鍛える。生涯たった一人でも生きて行けるように心を鍛える。わたしはわたしの中に生まれるわたしを弱くするどんな感情にも欲望にも打ち勝ちたい。やがてはわたしの心は何があっても壊れないほど強く鍛えられるだろう。

真汐の心中はそういうふうだとして、日夏は何を考えているか。次はそれを捏造《ねつぞう》する。日夏は中等部でわたしたちと一緒だった同級生のことを思い出している。沢口由芽理《ゆめり》という子で、群を抜いて成績がよかったせいか高校は他校を受験して合格し玉藻学園を離れた。見るからにまじめそうで、でも人当たりはよく、波風立てず深みに入らず人と上手につき合うタイプだった。

日夏が今思い返しているのは、沢口由芽理の不快な物事に対する態度である。人に気に入らないことを言われた時、たとえば由芽理が自分の家では健康のために毎日ある食品をとると話したのに対して誰かが、よその家のことになんて口を出さなければいいのに、その食品には害もあるよとよけいなことを言った時などに、由芽理はふっと表情を消す。反論もしなければ適当に流そうともせず無になる。言った方が聞こえなかったのかと思ってもう一度繰り返しても、由芽理は無になったまま。いやなことを言われた時に相手にせず聞こえなかったふりをするのはよくある処世術だけれど、由芽理の場合は処世術というよりは、視覚も聴覚も完全に閉ざして不快な物事を遮断する感じだった。

由芽理がテストで思うような点が取れなくて落ち込んでいた時、日夏と何人かが話しかけると、由芽理は成績が下がると父と母に無視されるのだと打ち明けた。由芽理の両親は決して声を荒げたりしない、叩いたりしたこともない、お小遣いを減らしたりご飯を抜いたりすることもない、ただ三日から一週間ほど口をきかず目を合わせてもくれないのだという。差し迫った用があれば筆談。日夏たちは「いじめみたい」ということばを呑み込んで「それはきついね」と共感だけ示したのだけれど、そこにも一人思ったことをすぐに口に出す者がいて「飼猫も叩いたりどなったりすると性格が歪むから、悪いことをした時には無視するのがいちばん効果的な罰なんだって」と言った。すると由芽理は「そうなの。猫の躾け方を参考にしたって父が言ってた」と真顔で応えた。

忘れられないのは中等部三年生の終わり頃、他校への転出の決まった由芽理の母親が学校にやって来て、由芽理とともに理事長や諸先生がたに挨拶をして回ったのだが、母親とともに歩く由芽理の顔が同級生にいやなことを言われた時と同じ、感覚を閉ざした生気のない無表情だったことだ。

人の子であることの不幸にもいろんなかたちがあるものだ、と日夏は思いに沈む。由芽理のように、いやなことがあるとスウィッチをオフにしてやり過ごすのは生きる知恵だけど、勝手なことを言わせてもらうなら面白くない。真汐や空穂は家のことであれ学校のことであれ、のしかかって来るものをまともに受け止めて怒ったり困ったりしているから、見ていてもつき合っても面白い。由芽理は今も両親の管理に甘んじるままなのか。感情を全開にして泣きわめき反抗することはないのだろうか。あんなに外界を遮断する癖があって人とほんとうに親密な間柄になれるんだろうか。人とはそこそこ親しければいいのであって、ほんとうに親密な関係を結ぶ必要なんてないかもしれないけれど。日夏の思いは真汐のことに移る。この間の夜珍しくわたしにもたれかかって来た真汐は可愛かった。甘えたくない、甘えてたまるもんか、ああでも今はいいや甘えてしまおう、という心の葛藤まで体の動きに顕われていた。あんなふうに真汐のかたくなさが崩れるところを見るのがわたしは好きだ。中等部の時、真汐と仲よくなろうと一方的に働きかけていた頃も、差し延べる手をはじき返しそうに硬い空気をまとっていた真汐の笑顔が、日に日にやわらかくなって心から笑っているように見えて来たのはとても嬉しかった。同級生たちも「真汐、変わったね」と認め、わたしに「どんな魔法を使ったの?」と尋ねたけれど、魔法なんかじゃなく、わたしが真汐の味方だということを信じてもらうために誠意を尽くしただけだ。簡単なことではなく、相当な苦労の賜《たまもの》だった。

人でも動物でも可愛がられないと可愛くならない、と日夏は頭の中で持論を唱える。傷つけられてばかりの者は表情が死んだり干からびたりとげとげしくなったりする。愛情をそそげば見た目まで甘く可愛らしくなる。隣の家の犬は、保健所から殺処分寸前のところを救い出されて来たのだけれど、最初は暗くいじけた顔つきだったのが、心のこもった世話をされているうちにすっかり人なつっこく明るい表情になった。わたしは真汐が可愛くなると信じていた。空穂への接し方を見ていると、真汐は人にかまわれるより自分が手を出してかまう方が好きそうに見えるけれど、素直な時の真汐のにじみ出す可愛らしさを知っていると、案外受け身になってかまわれるのも大好きなんじゃないかという気がする。もっと真汐にかまって可愛らしさを惹き出せばいいのかもしれないけれど、神経質で感じやすいあの子をかまい過ぎると壊してしまいそうだ。

空穂の方が、乱暴な伊都子さんに育てられ鍛えられているせいか、真汐よりもしなやかで柔軟で打たれ強い。知り合った頃の空穂は内気で人見知りで少しおどおどしているところもあったものの、笑顔は初めから可愛かった。伊都子さんはかっとすると暴力的になるけれど機嫌のいい時は娘をべたべた可愛がったらしいから、空穂は溺れんばかりに愛されることの喜びを知っているのだろう。それが正しい愛し方なのかどうかは一考を要する問題だ。空穂がまともに育っているかというと怪しくて、やっぱり変わった子に育っていると思う。空穂のあの極度の受動性は個性としてかたづけてすむものではなく、何かの症候群かもしれない。何でもされるがままになっている空穂はとても可愛い上に色っぽくさえあるけれど。

空穂が色っぽいなんて、と日夏は自分が無意識に使ったことばに笑う。色っぽい女性というのは、テレビや雑誌で見る足が長く胸が豊かで体のラインに曲線が多い女性を指すのであって、それらに全然当てはまらない体形の空穂が色っぽいわけがない。だけど、と日夏は否定したことをさらに否定する。だけど、空穂を見ていると触りたくなってしまうのは、やっぱり見る者の能動性を惹き出す何らかの魅力があるからだろう。それが何なのか日夏ははっきりと言えない。子どもや小動物にある撫でたり抱き上げたりしたくなる可愛らしさに通じるものだということは間違いない。でも空穂は幼げではあっても十七歳の少女だから、たまに不意をついて普通の人間らしい色っぽさも垣間見せる。

空穂が精神的に大人になって好きなように触らせてくれなくなったら寂しい。まあでも、それが不満でしかたがないということにはならないだろう。受け入れて別の愛で方をするだけだ。それとも、わたしは危うさのない空穂に興味をなくすだろうか。お互いに淡白な気持ちでありふれた交友を楽しむだけになるだろうか。そんなことを想像しているわたしはどんな大人になるんだろう。というか、そんなに遠くない将来どんな相手に好意を抱きどんな相手とどんな性行為をするんだろう。その方面の未来が見えない。相手を選ぶのは難しそうだ。性行為をしないという選択肢はなく、絶対にするつもりだけれど。

日夏がそんなことを考えている頃、空穂は何を思っているか、ということにも想像を伸ばしておきたい。

実際にあったことから語ると、空穂は伊都子さんに、伊都子さんの故郷である鹿児島の国立大学に進学してはどうかと提案されたという。空穂が鹿児島大学に合格したら伊都子さんも鹿児島に引っ越す、気候もいいし食べ物もおいしいし親族もいるし、人生の後半を郷里で過ごすのも悪くないから、とのことだったが、空穂は鹿児島に住むことは全く考えたことがなかったので、ただとまどった。たまに訪れる鹿児島は気に入ってはいるけれど、やっぱり首都圏の方が刺戟的だし、人は若いうちは生まれた場所から大都市へ、大都市から首都へ、首都から外国の都市へ、というふうに、どんどん大きな舞台に進出すべきなんじゃないかと思う。そう話した空穂はさっそくみんなに「進出って具体的には何をするの？」と突っ込まれて「そんなに大それた計画はないけど」と恥ずかしげに答えることになった。

その時のことを後で空穂は振り返って思っただろう、あの場にいた子は誰一人、鹿児島になんか行かないで近くの大学にしなよ、と言ってくれなかった、日夏も真汐ちゃんも含めて。みんな人は人、自分は自分と割りきっているからだけど、少しくらい寂しがるそぶりを見せてくれてもよさそうなものだ。まあみんな大人でわたしが少し子どもっぽいんだろう。だけどわたしだけじゃなくて、真汐ちゃんがある時期から日夏に素直に歩み寄らなくなったのだって、絶対大人の態度とはいえない。二人はすごく好き合っているのに、真汐ちゃんはそれに気がついていないふりをするように背中を向ける。好き合っていることを普通に楽しまないなんて、わたしにはとてもバカげていてもったいないことのように思える。それとも意地を張り合うのが楽しいんだろうか。子どもっぽいんじゃなくて、思春期っぽいと言った方がいいのか。

子どもといえば、伊都子さんの子ども返りも相変わらずだ。この間はわたしの部屋に三つほど置いてある写真立ての写真の上に、新聞や雑誌から切り抜いた面白い顔のお笑い芸人の写真や政治家の写真を重ねておく、といういたずらをしていた。伊都子さんとわたしが肩を並べている写真を変なおじさんの写真で覆う気持ちがわからないし、かと思えば日夏と真汐ちゃんとわたしの三人で写っている写真の上に、伊都子さんの笑顔アップの写真をコピーした紙を重ね置いていたのは、自分の存在を大々的に主張しているようにも見える。またその笑顔が勝ち誇った感じに写っていて憎々しい。伊都子さんの写真のコピーは抜き取ってトイレの壁に貼ってやった。

伊都子さんはわたしがなついている日夏に少し嫉妬しているみたいだけれど、嫉妬する必要なんかない。日夏はそこまで――そこまでというのは、たとえば一生わたしの近くにいたいと望むほどには、わたしを愛していないだろうから。どうしてそう思うのか説明は難しいけれど、わたしよりは真汐ちゃんの方が興味深い人間で愛しがいがあるだろうということが一つ。それから、日夏がわたしに手や唇で触れる時、この上なく優しく誠実であるのと同時に、どこか上の空というか熱中しきっていない感じがあるということ。比較の材料になる実体験はないから映画や読み物の描写を参考にして言うのだけれど、すごく好きな相手だったらもっと夢中になるんじゃないだろうか。

わたしは日夏がしてくれることが気に入っているし満たされている。今以上に何か要求したいわけじゃない。ただ不思議なのだ、体の前側には手を触れないにしても、顔や手や体の後ろ側にあんなに念入りに触れるなら、普通は唇と唇を合わせるキスもするものじゃないかと。キスくらいしても不自然ではないと思うので、わたしはいつもひそかに「今日はキスして来るかな？」と気配を待つのだけれど、日夏はいっこうにしかけて来ない。したくないのかもしれない――でも、そんなことがあるだろうか。キスに興味のない人なんてこの世にいるんだろうか。よくわからないけれど。

つまり、日夏とわたしの間には決定的な結びつきはないということだ、鹿児島の大学に進むという案にも反対してくれなかったし、といくぶん恨みがましい気持ちが湧く。だから伊都子さんは嫉妬なんかしないで実の母親らしくどっしりかまえていていい。わたしは鹿児島大学には行く気はなく、強制的に受験させられたとしてもわざと答を書かないで不合格になるつもりだけれど、伊都子さんとの縁は一生切れないから。

以上のようにわたしたちが〈わたしたちのファミリー〉の胸中を思い描いたのは、実は羽田空港で伊都子さんに会った後である。金曜日の夜から空穂が母子で鹿児島に行くというので、見送りがてらターミナルの施設を見物に行こうということになって、美織、花奈子、恵文、郁子といったいつもの顔ぶれが日夏、真汐の後について学校帰りに羽田に向かった。伊都子さんは現われた面々を見て空穂に「あんた、こんなに人望あるんだね」と感心して見せ、全員にカフェで飲み物をご馳走してくれた。お茶の時間はしごくなごやかに終わり母子が保安検査場に向かおうという時、伊都子さんが日夏と目を合わせもの言いたげな顔をした。察した日夏は伊都子さんに歩み寄った。

離れた所にいた美織たちも、美織たちと話していた空穂も、直接耳にすることはできなかったのだが、伊都子さんは日夏にこう言ったのだという。

「空穂は渡さないわよ」

　木村美織の家の庭にはモクレンの木があり、大ぶりな白い花が水色の空に向かって咲いていた。庭先に出ると花の香が嗅げるかと思ったけれど、テラスでは美織の父親が七輪で蟹を焼いていて、その食欲をそそる匂いが他のすべての匂いをかき消していた。空穂がテラスに置かれた椅子の一つに腰を落ちつけ、美織の父の作業を炭を熾すところからじっくり見つめていたのは、七輪での調理が珍しくて面白いのか、あるいは自分の家にはいない父親というものが新鮮で興味深いからだろうか。美織の父が炭火の熾し方や蟹の甲羅の開き方を説明しても、まだ社交術を身につけていない空穂は「へえ」とか「そうなんですか」といった洗練とはほど遠い受け答えしかできないのだが、美織の父の手さばきに感心しているのはわかった。そして、美織の父が焼き上がった蟹を載せた皿を差し出して「悪いけど、中に持って行ってあげてくれる？」と頼むと、どことなく嬉しそうに皿を受け取って庭に面したリビング・ルームへ上がって行った。

　テラスには恵文と真汐、それからゆったりとした様子で日本酒を口に運ぶ郁子の父親がいた。リビング・ルームにいるのは日夏、花奈子、郁子、美織に、郁子と美織それぞれの母親及び母親と同年輩の女性二人だった。二人の女性は郁子と美織の母親のバンド仲間で、うち一人が今度夫の転勤で遠方に引っ越すことになったので、この集いは送別会なのだという。郁子の父親と郁子が参加しているのは不思議ではないが、他のクラスメートたちは美織に誘われるまま春休みの一日、ご馳走のおこぼれにあずかろうとやって来たのだった。夕方から夜にかけてまだ人が来る予定だそうで、高校生たちは早めの時間に帰る約束になっていた。

お使いを終えた空穂が庭先に戻ると、恵文と真汐が蟹の足の身を殻から取り出して紙皿に薪のように積み上げているところだった。真汐に「空穂も食べなよ」と促され蟹の身の小山を見下ろした空穂は、「きれいだね。生クリームかけたらおいしそう」と言って、即座に恵文にも真汐にも「えっ、やめて」「またそういうわけのわからない創作料理を考案して」と非難された。空穂は「でもカニクリーム・コロッケとかあるじゃない。案外相性いい組み合わせだと思うんだけど」と粘ったが、真汐に「そりゃ材料は同じ牛乳だけど、ベシャメル・ソースと生クリームは全然違うよ」と否定され、しゅんとして箸を取り蟹の身を口に押し込んだ。「おいしい」「これ何蟹?」「松葉蟹だって」「へえ、初めて食べる」などと三人が話しているところへ、美織の父が「後で焼きリンゴ作るからね」と声をかけた。

庭木戸の上に井上亜紗美の顔が覗いた。恵文たちが手招きすると庭木戸を押して入って来たが、その後ろから照れ臭そうな顔で磯貝典行が現われた。亜紗美の「途中で会ったから連れて来ちゃった」という説明に続けて典行は、受け入れられるかどうか不安なのか「あ、でもすぐ帰ります」と弁解のように言い、美織の父とその向こうの郁子の父親に「初めまして。木村さんたちと同じ学校の磯貝典行と申します」と折り目正しく頭を下げた。美織の父は愛想よく蟹の足を取り分けて亜紗美と典行に渡した。恵文たちは亜紗美からよく典行の噂を聞いてはいたけれどじかに接するのは初めてなので、ウーロン茶のペットボトルと紙コップを差し出した後無器用に会話を試みた。

蓮東苑子とつき合い始めた古見和生とは同じクラスなのか、どんな子なのか、他の男子たちは羨ましがっているか、といった女子たちからの問いかけに、同じクラスだけれどあまりつき合いはない、古見はおとなしい勉強家のグループに属していてクラスの主流とは積極的には交わらない、みんな古見が美少女とつき合えていることを羨ましがっている、口には出さないやつでも、と答えるうちに典行は緊張がほぐれたようで、真汐が「鞠村って子も羨ましがってる？」と訊いた時には「あいつはちっとも。わかるだろ？」と前からの友人に対するようなごくくだけた口調になった。

女四人がわかるわかると頷くと典行の調子はさらに上がり、女嫌いの鞠村が制するクラスで古見がなぜ苑子に交際を申し込むことができたかというと、古見が鞠村の支配の及ばない教室の隅っこのグループの一員だからで、主流派に属している者は鞠村に睨まれるのが怖いため女子に近づく勇気は持てない、古見を妬んで悪口を言うやつもいるけれどそれは鞠村への不満から目を逸らしているからだ、ほんとうにクラスの雰囲気が悪い、鞠村さえいなければもっとのびのびと高校生活を送れるのに、といったことを一気に吐き出した。亜紗美が「クーデター起こして鞠村を失脚させれば?」と言うと、「おれにそんな力あるわけないだろ」と肩をすくめる。

亜紗美が塀の方に目を向けて声を上げた。典行はびくりとして後ろを見て、嘘だと知ると「おい、やめろ」と顔を歪めた。

「あ、鞠村」

蟹の甲羅を酒で満たしてすすっていた美織の父が口を開いた。

「鞠村って子は柏原兵三の『長い道』って小説に出て来るクラスで権力を誇る少年みたいなキャラクターなのかな。知らない? 藤子不二雄Ⓐがマンガ化もしてるよ。映画にもなった」

その小説もマンガも映画も知らない高校生五人に、美織の父は作中の少年が小学生ながら人を精神的にいたぶる術を心得た冷酷かつ頭の切れる少年で、たいへん魅力的に描かれていると説明した。

同じように甲羅酒を手にした郁子の父も話に加わった。

「クラスのリーダー格がそのクラスの雰囲気や風潮をつくり出すからね。同じ時代の同じ学校内でもクラスによって空気が全く違うことがある。ぼくのいた高校だって好きな子がいてあたりまえみたいなクラスもあれば、恋愛めいた雰囲気に乏しいクラスもあった。同性カップルが公認されてるクラスもあれば、同性愛なんて考えられないっていうクラスもあった。中学・高校時代、他のクラスの友達と話してあんまり様子が違うからびっくりした憶えがあるよ。きみたちの学校でリーダー格がいやな空気を生み出してるっていうのは運が悪いね」

「そうなんです」亜紗美が言った。「わたしテニス部でたまに男子テニス部の上級生と話す機会があるんですけど、違う学年の男子となら普通に会話できるんですよ。すれ違う時にブスと言ったりバカにしたように笑ったりしないし」

「ぼくはそんなに女性に敵意を抱いたことがないなあ」郁子の父が溜息をついた。

「ぼくも。これまでの人生ずっと普通に女の人と話してたな」美織の父も頷いた。

「あなたは誰とでも喋るもんね。老若男女問わず」そう言ったのは、オイスター・ソースの香り立つ大皿を手にテラスに下り立った美織の母だった。「人なつっこいのはたっぷり愛されて育ったからかしらね」

青野菜と肉の炒め物を盛った大皿をテーブルに置くと美織の母は家の中に戻った。

「気に喰わない女はいなかったんですか？」真汐が美織の父に訊いた。

「あんまりいなかった。ちょっと怖い、気難しそうな女の人に話しかけて何を考えてるか聞き出すのも好きだったし」

「じゃあ真汐も大丈夫だね」

恵文のちょっかいに取り合わず、真汐は憂いを含んだ面持ちで言った。

「わたし、男に生まれてたらもうちょっとましな性格に育ってたと思う」

恵文と空穂と亜紗美はつかの間黙り込んだ。各人感じるところがあったためだけれど、女子たちのそんな空気に気づかず典行が切り出した。

「おれなりに尋斗の考えてることを推理するとさ」

後を言いよどむ典行に亜紗美が「何？」と先を促した。

「きみたちのクラスってすごく仲いいじゃないか、舞原を中心に。単に楽しそうにしてるっていうんじゃなくて、そこだけで完結して他のものは全く必要としてないみたいな感じでさ。男子クラスにも別に興味なさそうで。実際はどうか知らないけど、そういうふうに見えちゃうからな。尋斗はそんな完結した感じが気に入らないんじゃないかな」

「でも、それはあなたたちのクラスだって同じじゃない？」真汐が言った。「鞠村尋斗を中心としたすごく硬くて緊密でその上威圧的な集団ができ上がってる」

「そうだね。だから、どっちが抗争の原因をつくってるのかはわからないけれど」

「抗争？」恵文がすっとんきょうな声を出した。「わたしたち鞠村組と抗争してたの？そんなつもりなかったけど」

典行は自分でもおかしくなったのか笑って手を振り、それから素の顔に戻ると言った。

「おれ、こんなことここで喋ってスパイみたいだな」

「そんなに悪辣じゃないよ」亜紗美が慰める。「せいぜいコウモリくらいじゃない？」

典行が「そうか」と口元をゆるめた時、亜紗美がまた「あ、鞠村」と典行の背後を指差した。「やめろって」典行は蟹の鋏を亜紗美に突きつけた。

シナモンをふった甘い焼きリンゴを味わった後亜紗美と典行が帰ると、恵文と真汐と空穂は屋内に移った。「ウノやろうよ」と美織が言うので、高校生たちはラグに輪になってすわった。「わたし、花奈子の隣やだ」という郁子のことばに花奈子が「何で？」と訊くと「だってドロー・カード出したら肘打ちするんだもん」と答が返り、「郁子のドロー・カードの出し方が凶悪だから」「反則してるわけでもないのに文句言われる筋合いはない」「でも、いちばんショックを与えるタイミングで出そうと狙ってるでしょ？」「そりゃそうだよ、だからゲームが盛り上がるんじゃない」「出される身にもなってよ」「肘打ちされる身にもなってよ」と二人の言い合いが続くので、「じゃあ一回ごとに席を替えよう」と空穂が賢い提案をして全員が賛同した。

ゲーム中の静かな時間にはソファに集まった美織の母たちの会話が耳に入って来る。名前のわからない女性客Aが「そういえばランナウェイズの伝記映画ができたって」と話し出した。他の三人は「あのランナウェイズ？　ガールズ・ロック・バンドのはしりの？」「『チェリー・ボム』の？」と驚きを口にした。「『チェリー・ボンブ』だよ、日本盤のタイトルは」「本国のアメリカじゃなくて日本で爆発的に人気が出たんだよね」「それも女の子に。来日した時には追っかけの女の子たちにもみくちゃにされてた」「下着姿で歌った初めての女性ミュージシャンで」「でも、わたしあれが下着だって言われるまで気づかなかった。だってあんな優雅なコルセット見たことなかったもん」と三人がひとしきり記憶を確かめ合った後、女性客Aが「ゆうべインターネットの掲示板で知ったの。それでね、映画の中にジョーンとシェリーのキス・シーンがあるらしいんだよね」と話すと、大人三人は「えっ」「そういう仲だったの？　あの二人は」とさっき以上にどよめいたのだが、聞くともなく聞いていた高校生たちの手もぴたりと止まった。

「すてきな話だけど、シェリーはメンバーと不仲で脱退したんじゃなかった？」

「そうそう、わたしは当時雑誌で読んだよ。シェリーの言うには、日本で自分に人気が集中したんでメンバーから嫉妬された、特にジョーンの嫉妬がひどかったって」

「ちょっと待って。キスするような仲だということを踏まえると、嫉妬の意味合いも変わって来ない？」

「日本公開はいつ？」

「決まってないみたい。アメリカだってこれからだし」

大人たちは夢中になって話し込み、高校生たちはウノを中断して聞き入っていた。興奮が治まると大人たちの口調はしみじみとしたものになった。

「今になって記憶が美しく塗り変えられるような情報が入って来るなんて」

「あの当時、日本の女の子たちはそういう裏の事情を何も知らないで熱狂してたんだね」

美織の母が情緒をたたえた声で言った。

「あの人も何も知らないでジョーンが好きって言ってたんだなあ」

「そうだったの？」郁子の母が訊いた。「何だかでき過ぎた話みたいだけど」

「うん。でき過ぎてて恐ろしい」美織の母は小さく笑った。「あの人のアンテナがジョーンからそういうものを感知したのかな。わたしのアンテナは全然反応しなかったけど」

「外見じゃわからなかったよね。かっこいい女性ロッカーだったってだけで」

美織と郁子と花奈子と恵文は目くばせを交わした。日夏はいつもの理性的な顔を崩さず、真汐は何だか虚脱したような様子で、そして空穂はぼうっとした表情で大人たちの背中を見つめていた。

携帯電話でインターネット検索をしていたらしい女性客Bが呼びかけた。

「シェリーは結婚して子ども産んでから離婚してるね」

「ああ、ありがちな」郁子の母が嘆息した。

「ありがちな人生だねえ」美織の母の声が輪唱のように続いた。「わたしたちが言うのも何だけど」

その場にいた七人の女子高校生は全員頭の中で、大人たちの会話から美織の母親の青春のストーリーを推理して組み立てようと試みていたはずだ。美織の母親が思い入れをこめて呼ぶ「あの人」は女性と解釈していいのだろうか。その女性はランナウェイズのジョーンにレズビアン的経験があることを知らないままジョーンのファンになり、そのこととは無関係に自身もレズビアン的経験をしていた、それを「でき過ぎ」と言われているのだろうか。そして、決定的な証拠はないし他にも幾通りかのストーリーが考えられるけれど、自由に想像を羽ばたかせると、「あの人」のレズビアン的経験を分かち合ったのが美織の母親ということだろうか。おおかたの者がそういうストーリーを導き出しただろう。

室内がしんとしているのに気づいたのか、美織の母が娘たちに顔をめぐらせた。「聞いてたの？」一瞬うろたえる気配を見せた美織の母だったが、すぐにさばさばとした調子で言った。「聞いてないで勝負を続けなさい」

「あなたたちが聞いてもわからない話よ」郁子の母も同調した。「ランナウェイズもニナ・ハーゲンもスリッツもモーテルズも知らないでしょ？」

あからさまなはぐらかしだったけれど、親の意向を尊重することにしたらしい美織は恵文たちに「わたしの部屋で遊ぼう」と声をかけた。高校生たちはわらわらと立ち上がった。廊下で郁子が「何がモーテルズよ。わざと今じゃそれほど有名じゃないミュージシャンばっかり挙げてさ」と不平をこぼしていたら、真汐が「わたし、そろそろ帰るね」と言い出し日夏と空穂もそれに倣（なら）った。空穂の頬は赤かったし、日夏と真汐もどこかぎこちないおさまりの悪い表情をしていて、大人たちの会話に何らかの刺戟を受けたのは確実なように見えたけれど、それもわたしたちの紡いでいる物語が現実をそのように彩っただけかもしれない。

残った美織、郁子、花奈子、恵文は二階の美織の部屋に入るが早いか話し始めた。

「同性愛の経験者がこんなに身近にいるなんてね」美織が言った。「ほんとうのところはわからないけど」

「相手はわたしの母じゃないんだね」郁子も言った。

「完全な同性愛者ってわけでもないのかな。結婚してわたしを産んでるんだもんね」

「美織のお父さんは知ってるのかな」

「知ってると思うよ。若い頃は何でもかんでも話し合ってたらしいから」

「念のため訊いとくけど、美織、ショックじゃない？」花奈子が親身な口調で尋ねた。

「小説なんかじゃよく親が同性愛者だって知った子どもが傷ついてるけど」

「傷つくわけないじゃない」美織は笑った。「身につけたセクシュアリティの知識はだてじゃないよ」

「父親が同性愛者だった場合と母親が同性愛者だった場合の印象はかなり違うよね」郁子が言った。

「美織のお母さんは人生経験豊富なんだねえ」羨ましそうなのは恵文だった。

「その女の人と結ばれなかったことは心残りじゃないのかな?」花奈子が案じた。

「それね」美織も沈痛な表情をつくった。「どのくらいの気持ちだったか知らないけど、もし深く愛してたんだとしたら、いちばん愛した人と結ばれてほしかったよ」

「でも、そうしたら美織は生まれてないよ」郁子が指摘した。

「別にいいよ、生まれてなくても」美織はあっさり応えた。「生きるのって面倒臭いじゃない」

「美織が生まれてなかったら、わたしたち寂しかっただろうね」

そう言って花奈子は照れ臭そうに目を伏せた。美織も照れながらまんざらでもない様子で花奈子に温かい眼差しを向けたが、花奈子は急に真剣な顔になって「わたし、美織に恋愛感情ないからね」ときっぱり告げた。美織は負けずに「わかってる。いらないし」と返した。

「こうやって親のだいじなことを知ったって、何も変わらずに明日からも生活は続いて行くんだよね」

美織がそう言った直後に階下からエレキ・ベースの音が響いて来た。フライパンだかステンレスのボウルだかを叩いてリズムを取る音が交じり、踏み鳴らされる床の振動が伝わり、複数の女性の歌声が起こった。七〇年代ロックの略式の演奏が始まったのだった。

「ほら、楽しそうじゃない」

美織は友人たちに笑いかけた。

# 第五章　ロマンスの途絶

〈母対母〉？


三年生に進級して迎えた一学期の第一日目、登校して来た鈴木千鶴が困惑の色を浮かべてわたしたちに伝えたのは、春休みに八景島シーパラダイスに行ったら蓮東苑子と鞠村尋斗が肩を並べて水生生物を見て回っていた、という目撃情報だった。わたしたちは驚きのあまり「えっ、どういうこと？」「古見って子じゃなくて鞠村と？　何で？」と訊き返すしかなかったが、千鶴も「わたしだってわからないよ」と応えるしかなく、誰からともなく希和子に目を向けた。「わたしが苑子に訊いて来るんだよね？　役割上」とぼやくと、希和子は力ない背中を向けて教室を出て行った。

その後の始業式に希和子と苑子は姿を現わさなかった。どこに隠れて話しているのか、屋上かトイレか理科室か階段の陰か、どこであっても希和子は苑子と二人きりで始業式をさぼり身をひそめたことを高校時代の美しい思い出にするだろう、と考えながらわたしたちは退屈な式をやり過ごしたのだけれど、教室に戻ると希和子は幸せの余韻に浸るどころか憂い顔でぽつんとすわっていた。わたしたちが取り囲むと希和子は重たげに口を開いた。

「古見をやめて鞠村とつき合うことにしたんだって」

　苑子と鞠村は利用する電車の路線が同じでたまに電車内で顔を合わせることがあったのだが、三学期の終わり頃から一緒になる頻度が上がり、二日続けて同じ車両に乗り合わせた時何となく会話を始めて、話に出た長者町の爬虫類カフェに苑子が興味を示したら「今度の日曜日に一緒に行こう」と誘われたのだという。デートしてみたら鞠村は古見よりも話が面白くよく気がついて優しいし、爬虫類カフェとか寄生虫の博物館とかちょっと変わったスポットに連れて行ってくれるので、何度か会った後「つき合わない？」と言われて断わる気にはなれなかったとのこと。

「乗り換えられた古見くんがかわいそうじゃない？」

「うん」希和子は頷いた。「苑子にそう言ったの。そしたら、『かわいそうだけど、しかたのないことでしょ。世の中そんなことよくあるよ。全部が思い通りになんか行かないよ』って。まるで自分はかかわっていない出来事みたいに」

　とても苑子らしい言いぐさなので、わたしたちには特別な感想もなかった。希和子だけが苦い表情で言った。

「ほんとにあの子は心が乏しいなって思うんだけど、冷淡なことを言う時もやっぱり顔は天使みたいなんだよね」

　希和子の心痛に満ちた讃辞も聞き飽きていたため、わたしたちは最も答を知りたい問題についての議論を始めた。

「鞠村はいったいどういうつもりなんだろ?」

「鞠村も思い出づくり?」

「自分の男としての魅力をためしてみたくなったとか? 他の男から奪えるかってことも含めて」

「気分いいだろうね。男の手下だけじゃなくて可愛い女の子まで手に入って」

「これでいっそう自信持ちそう」

「でも古見って子には恨まれるでしょ? 気まずくないのかな?」

「教室の隅の少数派なんて鞠村は歯牙にもかけないいんじゃない?」

誰も鞠村が本気で苑子に恋心を抱いているとは考えていないのだった。もちろん苑子が鞠村に恋をしているとも。「ああ、いやだ。鞠村だけはいやだ」と嘆き節を繰り返さないではいられない希和子を除き、この冷たいロマンスをわたしたちは索漠《さくばく》とした気持ちで見守るしかないようだった。

一方〈わたしたちのファミリー〉はどんな様子かといえば、「何で泊まりに来ないの?」と空穂が日夏に不服を訴えるところが目撃されている。「春休みも一回も遊びに来なかったし」と言う空穂に、日夏は「だって、わたしは伊都子さんに警戒されてるし」とすでに空穂の耳にも入っている羽田空港での伊都子さんの科白を思い出させたのだが、空穂は「いいんだよ、そんなの。わたしは誰の所有物でもないいんだから」と粘り、

「そういうことは自分で働いて自立してからじゃないと言えないよ」と諫《いさ》められ、おしまいには「わたしじゃなくても他の子呼べばいいじゃない」と突っぱねられたらしい。空穂は「真汐ちゃんもだいぶ前から来てくれないし。誰を呼べばいいの？」と弱々しくぐずっていたそうだ。

それを日夏がいない時に郁子が真汐に話した。真汐はにやにや笑いながら不満顔の空穂に言った。

「そりゃ日夏は行きたくないでしょ。伊都子さんに憎まれるのいやだもん」

「憎むって言うかやきもちなんだけど」空穂は眉根を寄せた。「子ども返りにもほどがあるよね。そのうち制服着て学校来始めたらどうしよう」

花奈子が真汐と空穂ではなく恵文たち傍観組の方を向いて囁いた。

「これって実の母親と養父の親権争いみたいなもの？」

「いや、伊都子さんにしたら娘をよその男に奪われる父親みたいな気持ちでしょ」

「違うよ、どっちかっていったら息子を取られそうになってる母親の気持ちだよ」

「基本設定に立ち返ればね」

「実母と養母の争いっていうのが妥当なところじゃない？」

「そう言うと簡単だけど今一つ面白くないね」

傍観組の小声での討論を真汐の空穂への科白が止めた。

「きっぱり言ってやればいいんじゃないの？　『わたしは日夏の方が好き』って」

空穂を煽った真汐は変な感じに微笑んだままだった。空穂は煽られたのにも気づかない真剣な様子で「言えないよ」と情けない声を出した。「優柔不断」と言って真汐が空穂の頰をきゅっとつまんだ。他の者もとりあえず真汐に同調して「軟弱王子」「マザコン王子」「どっちか選べないと大人になれないよ」「伊都子さんの支配下から脱け出そうよ」と空穂をつつきまわし、「実際問題無理じゃない。無理だって日夏も言ったよ。どうしろって言うの？」と悲鳴を上げさせた。

真汐は日夏と空穂へのかかわり方を変えた。距離を置いただけではない、もはや映画を観るように日夏と空穂を眺めている。そればかりか、わたしたちと同じく物語を紡ぐ側に身を置いたかのようだ。真汐の胸中がかねてわたしたちの想像した通りであれば、その行動はさして奇妙ではない。他の二人とは同等の濃度でかかわれないがゆえに三人の輪を自らはずれ、残った二人の関係がより濃密に育つことを願うのは、少女向けのマンガでもよく見かける心情なのだし。ただ物語の主軸から退いたとしても真汐がわたしたちにとっては依然〈わたしたちのファミリー〉の一員であることに変わりはない。わたしたちにはない複雑な思いもあるだろうし、より近くで物語に影響を及ぼすこともできるし、今後とも重要な登場人物として活躍してほしい。わたしたちはそういう結論に達した。

現実の家庭での真汐の孤立感は変わらないようだった。春先、弟の光紀は見事に第一志望の高校に合格した。誰もが優秀と認める高校で真汐も弟の賢さに脱帽したが、秋から茶断ちまでして光紀の合格を祈願していた母親の喜びようといったらなかった。家族全員でお祝いに中華料理を食べに出かけたら、そこはフィンガー・ボウルに烏龍茶を入れミントの葉を浮かべるような瀟洒《しょうしゃ》な店で、北京ダックも食べさせてもらって舌と胃袋は満たされた、と真汐はわたしたちに話したのだけれど、光紀に目をやってはにこにこしている母親を見ながら心の中で「来春わたしが大学に合格した時も同じランクのレストランに連れて行ってくれるんだろうか」と考えたであろうことは想像にかたくない。

家庭内でもめごとがあったのは五月、珍しく父親も早い時間に帰宅して家族四人そろって夕食をとっていた時、真汐は父親に向かって「予備校の夏期講習を受けたいんだけど費用出してくれる？」と慎ましく頼んだ。真汐がふだんは何もねだらないこともあってか父親は意外そうな表情を見せてから、母親に向き直って「そのつもりなんだろ？」と尋ねた。母親は「もちろんよ」と即答したが、真汐が自分を飛び越して父親に頼んだのが気に入らないのか「だけど受けたいんならもっと早く言ってくれなきゃ」と真汐への文句を加えた。真汐もむっとしてつい「お母さんの方が気づいて言ってくれると思ってたから。普通はそうでしょ？」とやり返してしまった。それでも「中学受験の時だって塾に行かせてくれなかったじゃない」ということばはぐっとこらえて呑み込んだのだ。

真汐の母親は上品なので気に入らないことを言われても睨みつけたりはしない。そのかわり心外だという顔、思いがけず不当な攻撃をされたと言いたげな被害者の顔をする。面倒なので真汐は「ごめんなさい、よけいなことを言いました」とあやまったのだけれど、口調が平板になったせいだろう、母親は「何なの、そんな他人行儀で」とさらに機嫌が悪くなった。そんな時、とり繕うか黙っておくのが賢明だとわかっていても「もう随分長いことこんな感じじゃない」と口にしてしまうのが真汐だった。母親の方は「そうだったかしらね、わかんないわ」と言い捨ててむくれる。母子が黙り込んだ中、「何だ、この会話は。漫才か？」と父親が無器用にとりなす声が虚しく響いた。

そこまでならばこれまでにもなくはなかった母親との小さな衝突なのでじきに気が治まるはずだった、と真汐は語った。夜が更けて入浴をすませた真汐が二階の自室に戻ろうと階段を上がっていると、偶然か意図してか隣り合った部屋から光紀が出て来た。横をすり抜けようとした時光紀がぼそっと「あんまり刺戟するなよ」と言った。何のことかわからなかったが、続く「飯時に。うるさくなるから」ということばで母親とのいさかいを非難しているのだと理解した。「今日は失敗した」と軽く答えて自室のドアノブに手をかけると、「ガキみたいに親に突っかかるなよ」とまた言われたので、真汐も足を止め訊いてみることにした。

「突っかかるには突っかかるだけの理由があると思わない？」

「そこまではおれは立ち入らない。腹の内はどうでも言動を改めることくらいできるだろ」

母親を庇う息子の気持ちは美しいけれどちっとも感動しない、と自分に向けられたいらだたしげな目を見返しながら真汐は思い、まともに応える気をなくした。

「大丈夫。お母さんとわたしはちゃんと心が通い合ってるから」

「嘘つくな」光紀は即座に言った。「つまんねえよ」

真汐は自分がすうっと冷めて行くのを感じた。

「わたしとお母さんのことに首を突っ込まなくてもいいよ。溺愛されて育ったあんたには絶対わからないことがあるから」

「溺愛？」光紀の顔に赤みが差した。「そんな気持ちの悪いことされた憶えはないぞ」

「いや、されてるから」

「だとしてもおれが頼んだわけじゃない。そんな話はどうでもいいんだ。おれが要求するのは飯時は誰かの気分を害するようなことを口にしないでくれってこと。それだけだよ。時間取らせて悪かったな」

「いえいえ、最後の最後にお気遣いありがとう」

真汐は慇懃《いんぎん》に応えながら扉を開き部屋へと身を翻した。ベッドにどすんと腰を落とし上体も後ろに投げ出して大きく息をつく。弟への不満なんて今さら抱きはしないけれど、あれほどべたべた愛されて育ってもおっとりとした性格にはならなくて、あんなに人に対して酷薄な態度がとれるものなんだな、という発見に胸がいちだんと冷える。好きでも何でもないわたしが相手だからかもしれないけれど。母親の弟とわたしとの扱いの差に気がついてからは弟を可愛がったことがないし。

だけど、もっと小さい頃、光紀が芯から無邪気でにこにこ笑いながらわたしに甘えてすがりついて来ていた時代には、わたしだってあの子を抱っこしたり粘土だとかパズルだとかで遊んでやったりした。甲高い声を上げてはしゃぐ光紀は愛らしかった。それを思い出すと真汐の心臓はずきんと痛み、歪みねじれて取り返しがつかないくらいの距離ができた姉弟の関係にせつなさがこみ上げた。――と、わたしたちは真汐の心情をいささか誇張して描いているのだが、実際のありようと極端にかけ離れているということはないだろうし、こみ上げたせつなさに打たれた真汐が次の瞬間にいつもの自分を取り戻し、この程度のことで心が揺れた自分が許せないと一度唇を嚙んでからはね起きた、と想像で語っても充分に説得力があるだろう。

高校三年生の五月、受験だとか受験勉強に伴うストレスだとかで気鬱に陥る者が出始める頃、それらに加えて現実の家族、日夏、空穂との疑似家族のことで物思う真汐は、常にではないけれども、ふと見ると自分の世界に入り込んでか、うつろな目つきでぼんやりしていることがあり、そんな真汐が五月下旬に開催された文化祭のわたしたちの出し物である合唱のステージからふらりと抜け、ホールの外へさまよい出したのも、身勝手で無責任な行動だけど気持ちはわかる、悪いとわかっていてもそういうことをやってしまう時はある、とわたしたちは大甘に容認することになったのだった。

## 捧げしは誰がため

私立玉藻学園では文化祭は薫風祭と呼ばれ五月に催される。模擬店やゲームは禁止、文化系の部による教室での展示とホールのステージでの音楽系の部や演劇部の発表が中心、クラスごとの参加は任意、他校生は立ち入り不可で招待客は家族・親族に限るという、規模が小さく堅苦しい行事だが、後夜祭だけはクラスや部活動の部単位に囚われない有志によるパフォーマンスが許可されている。わたしたちも最後だからやっぱり後夜祭には参加しておこうかという話になり、クラスの希望者でR&Bを一曲披露することにした。

歌う曲の候補はたくさん出されたけれど、最も発言力があるのはリード・ヴォーカルの空穂で、空穂が「その曲はいちばん低い音がきれいに出せない」とか「それ難し過ぎる」と言えば没になった。放課後も居残って携帯電話の着うたや動画サイトを利用して候補曲を聴き、キーボードと編曲担当で二番目に発言力のある郁子に「こういうコーラス、わたしたちがやるともたつくよ」などと却下されたり、美織が「ランナウェイズの『チェリー・ボム』やったらうちの親どんな顔するかな」と言い出したのを「だめだよ、そんな悪趣味」「そもそもR&Bじゃないし」とみんなで止めたり、楽しくかつ真剣に候補曲を数曲に絞り込んだ頃、担任の唐津さんが教室に顔を出した。

その時わたしたちが動画サイトで視聴していたのはキーシャ・コールとP・ディディの「ラスト・ナイト」で、一緒に耳を傾けた唐津さんは「これ、いいじゃないか。これにすれば？」と推して来た。郁子が「空穂も歌いたがってるんですけど、ディディのパートが悩みどころなんですよ。雰囲気に合う声を出せる子がいなくて」と説明すると、唐津さんは「じゃあぼくにやらせてよ」と言い出した。

「これでも一応英語の教師だし、高校の時は合唱部だったたし、きみらとの思い出もつくっておきたいし」そう言ってから胸を反らした。「それに、こう見えてもぼくはマイケル・ジャクソンやプリンスやマドンナと同い年なんだ。一九五八年生まれ」

同い年だったら何だというのだろう、それもアメリカのミュージシャンと、とわたしたちの大半が担任教師の稚気に苦笑したが、美織はまともに話の相手になった。

「わたしの親と同い年ですね。父も母も全く同じことを言いますよ」

「うちの親たちも」郁子も強く頷いた。「きっと世界中の一九五八年生まれの人が言ってますね」

唐津さんはさらに自慢する。

「ヒップホップ第一世代のアイス‐Tやグランドマスター・フラッシュなんかも同じ年だよ」

美織と郁子は目を輝かせた。

「先生、ヒップホップ知ってるのすごい」

「うちの親は先生ほど新しい音楽知りませんよ」

「いやいや」

郁子が空穂に「一回先生と合わせてみる？」と尋ねると、空穂は郁子、美織と唐津さんの盛り上がりに呑まれたように頷いた。唐津さんの声は美しいテノールで俗な歌を歌うには健康的過ぎる感じもしたけれど、シャイな男性の心情を描いた歌詞の内容には似つかわしくもあり、空穂の声の響きとのバランスもよく、わたしたちは唐津さんの参加申し出を受け入れることにした。二年生の時からの担任である唐津さんを特別に慕っているつもりはなかったけれども、「嬉しいなあ。藤巻先生に自慢してやろう。羨ましがるだろうな」と上機嫌な唐津さんを見ると、この先生憎めない、けっこう好きかも、というような温かい気持ちが湧いて来た。

空穂と唐津さんは楽々と歌うので歌を完璧に憶える以外にはほとんど練習も必要なかったが、編曲とコーラスの指導を引き受けた郁子には少なからぬ負担があったと思われた。英語の歌詞は憶えられてもコーラスの入るタイミングをなかなかつかめない者がいたので、郁子に「指揮やってよ。指揮つけた方が早いから」と頼まれた日夏も、短い準備期間の内に指揮をマスターしなければならなくてプレッシャーが大きかっただろう。それでも身体能力が高い日夏だから、傍目にはそれほど苦労せず、わかりやすくて見た目もさまになる指揮棒の振り方を身につけたように見えた。

「日夏は天から授けられたもの多過ぎ」

休み時間に溜息をついたのは須永素子だった。日夏のことは好きだけれどたまにほんの少しひがみめいた感情が起こるというニュアンスのことばだったけれど、空穂はそういう微細なニュアンスを全く汲み取らなかった。

「だよねえ。伊都子さんが見たらまた嫉妬しちゃうよ」

「伊都子さん、観に来るの？」冬美が尋ねた。

「来る。『これがあんたの人生最高の晴れ舞台だろうから、シフト交替してもらってでも行く』って」空穂は渋い顔を見せた。「別に今度のが人生最高と決まってるわけじゃないと思うんだけど。二十年後に何か偉大なことを成し遂げるかもしれないじゃない。ねえ」

空穂の楽天家ぶりには一同笑いをこらえて「うん、そうかもしれないね」「うんと努力邁進《まいしん》すればあるいはね」と応えるだけだった。やはり母親が観に来ると言う郁子は「うちの親に音楽の方向性の違いを見せつけてやる」と息巻いた後、「日夏のとこは？」と尋ねた。

「来ないよ。家で文化祭の話なんかしないし」

淡々と、しかし揺るがぬ口調で答える日夏に「かっこいいのに、見せてあげないのもったいないね」程度の軽口さえ誰も言えなかった。さらに家族仲のよくない真汐には家族が来るかどうかの問いかけすらできなかったのだけれど、そんな気配を察した真汐は「わたしも教えないし、もし知られても来させない」と陽気に言い一人笑った。

家族が観に来ない者、来てほしくないので出演を伝えない者は他にも複数いて、決して珍しくはなかった。ただ、その理由が親の仕事の都合だったり来てもらうほどのことではないと本人が思っていたりと深刻ではなく、家族の結束がさほど強くないということではあっても、断固とした拒絶の意思は感じさせないところが日夏や真汐とは違っていた。気安く共感を示せない空気のもと、美織が話を変えた。

「わたしの母なんか、来賓の保護者への感謝をこめて『ママに捧げる詩《うた》』とかいう曲を歌えばいいって言うの。スコットランドの声変わり前の男の子が歌った曲で、母が中学生の時ヒットしたんだって。『空穂ちゃんの声にも合うし』とか言っちゃって」

「美織のお母さんが言うのは冗談だってわかるからいいよね」日夏が言った。

「ほんとにわたしが歌えそうな曲?」

空穂が尋ねると美織は「聴いてない。興味ないもん」と答え、まわりから「冷たーい」「親不孝者」「聴くだけ聴いてあげればいいのに」という声を浴びた。美織は「わかったよ、じゃあ聴いてみる?」と携帯電話を取り出し動画サイトに接続した。曲はすぐに見つかった。聴き終えると空穂が「うまいねえ」と感嘆し、全員同意した。しかし、「メロディもきれいだし」という感想の後は一人が「でも、きれいごとばっかりの歌詞じゃない? 全部聴き取れたわけじゃないけど」と言い出し、他の者たちも「うん、浅いよね」「全然尖った所がなくてすごく無難な感じ」「憎しみまで行かないとしたって、親に対していくらかは反発の感情だってあるでしょ、普通」と次々にけちをつけた。

それでいったん美織の母親の冗談は忘れ去られたのだけれど、後夜祭当日、ホールに入る直前に建物の前で美織の両親とばったり会って話しているうちに、美織の母が「で、『ママに捧げる詩』は採用しなかったのね?」と蒸し返し、確かに冗談とわかる口調で「あれを歌えば来賓の保護者一同感涙にむせんで、あなたたちは玉藻学園の伝説になるのに」と言った。「レジェンドに?」と空穂が興味を示した。「さわりだけでも歌おうかな」と言い出した空穂に日夏が「歌詞憶えてるの?」と尋ねると「手に書いておく。メロディは完璧に憶えてるよ」と答えた。郁子が「ちょっと、この期に及んで構成変えるって言うの？」とあわてたが、空穂はすでにやる気のみなぎる目つきになっていた。郁子以外の者は美織の父親の「ママだけなの？　パパには捧げないの？」という問いかけにのんきに笑うばかりだった。相談の結果、最初に「ママに捧げる詩」の一部を空穂のソロと郁子の簡単な伴奏で披露し、本編の「ラスト・ナイト」に繋げるということで話がまとまった。

実際に空穂が本格的な発声で朗々と「ママに捧げる詩」を歌うのを聴いたわたしたちは、あれだけけちをつけていた曲に寂しく懐かしくなるような湿った感情を抱いてしまった。後でわたしたちは「自分の親の顔が目に浮かぶわけじゃないんだよね。お伽話にあるようなお母さんのイメージが浮かぶ感じ」「小さい頃、親に絶対的な愛情と信頼を寄せてた時代の気持ちが甦って来るっていうか」「うん、もうきれいごとでいいって気持ちになった」「客席の保護者のみなさんもきっと親として子どもの気持ちを受け止めて感動するんじゃなくて、子どもの心に返って親を慕う気持ちを呼び起こされたんじゃないかな」などと話し合い、最終的に「音楽の力って怖い。丸め込まれたみたいになっちゃう」という結論を得た。

だから、真汐が曲が「ラスト・ナイト」に移ってから隊列を離れ袖口に入って行ったのは、「ママに捧げる詩」に感情の弱い部分を刺戟されたためだと充分に考えられる。直前に美織の一家の仲のよさを目の当たりにしたのも影響したかもしれないし、客席に居並んでいる大勢の善良そうな顔をした保護者たちを見ているうちにわが身に引き比べて痛切に感じるものがあったのかもしれない。真汐は一団の端っこの方にいたから抜けたのは客席からは目立たなかっただろうけれど、指揮者の日夏は当然真汐の動きを目にしていたはずだ。日夏は動揺することなく指揮棒を振り続けたが、後で「日夏は少しの間困ったような悲しそうな顔になってたよ」と話す者もいた。

歌唱はとてもうまく行って聴衆からは熱烈な拍手を受けた。宿敵である男子クラスの連中さえ見下したような顔つきを引っ込め微苦笑していたほどだった。歌ったわたしたちもかなり昂奮していて、どこかに消えた真汐のことも忘れ「よし、レジェンドになった」などと戯言《ざれごと》を口にしつつホールの外になだれ出た。空穂の「伊都子さん、あれが母をテーマにした歌ってことわかったかな」ということばに「マザーくらいは聴き取れたでしょ」と応え、空穂がまた「別に伊都子さんに捧げるつもりはなかったから伝わってなくてもいいんだけど。図に乗るから伝わらない方がいい」と言うのに笑ったりしていたのだけれど、日夏だけは真汐を忘れるわけがなく、ホールから飛び出して来た数人の後輩女子の「先輩、かっこよかったです」という呼びかけに微笑みだけを返すと、早足で歩き出した。気がついた空穂もすぐに追いかけようとしたのだけれど、やはり昂奮した様子の唐津さんが浮かれた調子で「お疲れさん。薬井はほんとうに歌がうまいな。ぼくは足を引っぱってなかったか？」と話しかけて来たのでしばらく動けず、気をきかせた郁子が「先生の歌もすてきでしたよ。卒業までにまた共演しましょうよ」と声をかけて唐津さんの注意を自分の方に惹くと、ようやく日夏の向かった方角に駆け出すことができた。

以下は例によって後に聞いた話と想像を練り合わせたものである。

真汐は日夏は出番が終わったら探しに来るだろうと予想していた。真汐がコーラス隊を抜け出したのは指揮者の日夏が顔を真汐の方に向けていた時だったからだ。と言うよりも、ここを離れたい、一人になりたいという思いが急激に噴き上がったのが日夏と目が合った時だった。真汐は思い返す。心の強化計画は着々と進みわたしの心は岩石程度には鍛えられたと思っているけど、ひび割れはいつもとてもいやなことがあった時じゃなくて思いがけないきっかけで起きる。指揮棒を振りながらこっちを見た日夏の目は柔和で、何も語らないけれど邪心もなく私心もなく、温かい気体に満たされた空洞という感じで、見ていると不意に泣きたくなったから急いで外に出たのだ。

自分勝手な行動をとったことを悔やむ気持ちはその時はまだ生まれて来なくて、頭の中は日夏でいっぱい、もし日夏がいなかったら今頃わたしはどうなっていただろう、鬱とか摂食障害を患っていたかもしれない、自殺まではしないにしてもリストカットに走ったかもしれない、向こう見ずに家出して悪い奴に騙されておかしなことをさせられて転落の人生を歩んだかもしれない、転落するんじゃなくて映画みたいにストリートで気の合う頼もしい相棒と出会って二人で面白く生きて行ければいいのに、と思いをめぐらせて、でもその気の合う相棒がどんな子かと考えてみれば、やっぱり日夏の顔が思い浮かぶ。わたしはいいかげんに今の人生において日夏がいちばんたいせつだと認めるべきなのか。くやしがらないで。

いや、くやしがる必要はない。たぶん日夏はわたしの日夏への思いよりももっと大きな思いをわたしに対して抱いているから。それもう認めてしまおう。これまでの日夏の言動を見ていれば子どもにだってわかることだ。日夏のわたしへの思いは俗にいう愛だの友情だのではないのも承知している。そのことに違和感というか不信感を抱いた時期もあるけれど、今のわたしは日夏の思いが何と呼ばれるべきものかわからないままにそれを喜び受け入れる。日夏がそばにいてくれるのが嬉しい。だから今日は日夏に追って来てほしい。日夏は絶対探しに来てくれるはず。明日になったらまたわたしの心は変わっているかもしれないけれど、今だけは日夏の優しげな顔が見たいしぬくもりを感じたい。そう願いながら、わたしは日夏がきっと探しに来るだろう場所に歩いて行く。

行き先は、玉藻学園自慢の樹齢百二十年のケヤキの裏、長めのゆるやかなスロープを下った所だ。今は使われていない焼却炉と物置が並んでいるそこは、段差の横壁と外部に通じる鉄の扉のついたコンクリートの壁に挟まれた小さな広場のようになっている。段差の上を見上げれば陽光に照らされたケヤキがやわらかく浮かび上がってことのほか美しく見えるので、真汐のようにたまにこの場所を訪れる生徒もいて、学園の隠れた名所だった。真汐はまずは一人ケヤキの美しさに慰められるのを期待して来たのだけれど、先客がいた。物置から運び出したらしい跳び箱のクッションのついた最上段をベンチ替わりにして、蓮東苑子と鞠村尋斗が並んですわっていたのだった。

鞠村は上体をひねり苑子の肩に両腕をめぐらせていた。真汐があっと思って足を止めた時、鞠村の唇が苑子の頰につき続いて口元につけられた。つまり二人はいちゃいちゃしていたのだが、奇妙なことに二人とも無機質な無表情で、愛や欲望に酔っているようでもなければ楽しそうでもなかった。やりたいことを自然にやっているのではなく、恋人同士がやるだろうことを一通りなぞっているというふうで、体温も鼓動も平常通りなのではないかと疑われた。苑子と来たら鞠村の行為に応えるでもなく微動だにせず、鞠村もそれを気にしているようでもなく、美男美女のカップルなのに、真汐は無気味な光景を見ている心持ちに陥った。

鞠村が真汐を見た。弟の光紀以上に冷たい全く好意の感じられない目つきだった。苑子も真汐に気づいたがこちらはさっと頰を染めた。身じろぎした苑子を鞠村は肩にまわした手で引き寄せる。苑子は赤くなりながらも真汐に手を振った。真汐は頭が働かず棒立ちのままだったが、ふっと体の片側に温かい空気を感じて顔を向けると日夏がいて、やはり少なからず衝撃を受けた風情で苑子と鞠村を注視していた。苑子は友人二人が見つめるばかりで手を振り返しもしないせいか、きょとんとした表情になり、鞠村は挑戦的な薄笑いを浮かべて見せつけるように苑子の耳のあたりに自分の口をこすりつけた。人の目を意識せずにいちゃついていたさっきとは打って変わって生き生きとした表情だった。苑子は嬉しそうでも迷惑そうでもなくただ肩をすぼめるようなしぐさをした。

真汐と日夏は、いやなのに、気持ち悪い以外の何ものでもないのに、目の前の異様なカップルから目が離せず、衝撃が治まりようやく働き出した頭にこんな場所からとっとと離れたいという思いが生まれてからも、なおしばらく足を動かせないでいた。そんな二人の前に、横の段差からどさりと落ちて来たのは空穂だった。運動神経が極度に悪いせいで飛び下りたにもかかわらず投げ落とされたように見えたのだが、当然きれいな着地も決められなくて、空穂はよろけて転がった。多少擁護するなら落下地点はスロープになっていたから着地に失敗しやすかったともいえるけれど、運動神経がよくないのだから角の向こうの階段を下りて来ればいいのに、なぜ飛び下りたんだろう、とあきれながら真汐と日夏は空穂に駆け寄った。

「大丈夫?」

苑子の声が〈わたしたちのファミリー〉の耳にふわりと届いた。

## 見つかったもの

わたしたちは物語り続ける。

空穂は足首を軽くくじいたようで歩けはするものの「体重をかけると痛い」と言った。日夏と真汐が保健室にいざなおうとすると「家に看護師がいるから大丈夫」と断わったが、真汐に「今日伊都子さん夜勤でしょ」と指摘されると素直に従い、保健室の先生からアイシングとテーピングの手当てを受けた。先生は「しばらく休んでいなさい」と言い置いてどこかへ行ったので、保健室にはベッドの上の空穂と椅子にすわった日夏と真汐の三人だけが残った。日夏が「舞台ではかっこよく歌ってたのに落っこちちゃったね。二重の意味で」と言うと、「その落差もレジェンドの一部」と空穂は負け惜しみを返した。

静かな目で二人のやりとりを聞いていた真汐が口を開いた。

「日夏、空穂を家に送って行ける？」

「行けるけど」

日夏は真汐は来ないのかと無言で問いかける表情を見せた。

「じゃあ、まかせるね。わたしは用があるから」

日夏を求めていた時間は過ぎ去り、真汐は好きなのに背を向けるいつもの真汐に戻っていた。日夏と真汐の間の空気を読まず空穂が言った。

「わたし、一人で帰れるよ」

それに対しては日夏も真汐も「空穂一人で帰らせて途中事故に遭われでもしたら、わたしたち、伊都子さんに怒られるから」と言い、結局日夏が空穂を家まで送り届けたのだった。

久々に空穂の家に入った日夏は、頻繁に来ていた頃には馴れて感じなくなっていた人の家特有の匂いを嗅ぐ。玄関で帰らず空穂に誘われるまま上がり込んだのは、伊都子さんが夜勤で今夜は帰って来ないのを知っていたからだ。怪我人にかわって勝手知ったる家でルイボス・ティーを淹れ、くじいた足を伸ばしてすわっている空穂に出す。日夏が来てくれたのが嬉しくてたまらない空穂はさっそく「ねえ、今日泊まる？　明日代休だし」と言い出したのだけれど、日夏に泊まって行くつもりはなく、伊都子さんにばれないようにカップを二つ使った痕跡は残しておかないようにしないと、と考える。一方で、カップを両手でくるむように持ち、だいじそうに少しずつルイボス・ティーを飲む空穂の愛らしさに癒される思いもする。

「あの二人、変だったよね」空穂が苑子と鞠村のことを言う。「あんな感じでやること全部やってるのかなあ？」

「詮索しないの」

あっさりとかたづけたものの、日夏も二人の姿を生々しく思い出す。愛戯とも言えそうにない愛戯。これまで何度か繰り返した空穂と自分の戯れだって普通の愛の定義には当て嵌まらないものだけれど、誰か見る人があれば苑子と鞠村の愛戯よりは遥かにまともに映るはずだ。そんなふうに考えると、空穂の肌触りが現実感を伴って甦る。いうまでもなく怪我をしている空穂と戯れようなどという気になるわけがない。日夏は自分の肌に起こった感覚を一瞬で振り落とす。帰宅途中にコンビニエンス・ストアで買った弁当を日夏と空穂はもそもそと食べる。片足を投げ出し弁当を腿に載せて食べている空穂は小型の野生動物めいて見える。

「苑子と鞠村も変だけど、日夏と真汐ちゃんも変だよね」

空穂がぼそりと洩らす。面倒な話題が来たと思ったが空穂の素直さに合わせて日夏も素直に応える。

「そうね」

「今日真汐ちゃんを追っかけてったでしょ？　珍しいなと思った」

日夏が黙っていると空穂は「かっこよかった」とつけ加え、さらに尋ねる。

「ほんとはいつも真汐ちゃんを追っかけて行きたいの？　我慢してるの？」

「いつもってことはない」

簡単な応答ですませる日夏を追及するでもなく、空穂はひとりごとのように言う。

「わたしにもっと魅力があれば真汐ちゃんをわたしたちのそばに惹きつけていられるのかな」

日夏はびっくりして素早く空穂に目をやる。空穂は悲しそうな表情で漬物を口に入れ音をたてて噛む。そんなことまで考えていたのか、かわいそうに、と日夏の胸は痛む。

「そういうことじゃないと思うよ」

自分でも何の説得力もないつまらない科白だと感じるけれど、とりあえず口に出す。日夏も漬物を咀嚼し小刻みに音をたてる。後は二人とも黙って食べる。日夏が空になった弁当のパックを持ち帰るためにビニール袋におさめていると、空穂も自分の空パックを差し出し、怪我にかまわずふだん通りに腰を浮かせかけ、うっとうめいて尻もちをつく。日夏は「何やってるの?」と笑いながら立ち上がり空穂の所に行って空パックを受け取る。空穂が日夏を見上げ真剣そのものの目で尋ねる。

「今日わたし二人の邪魔をした? わたしまで追っかけて行かなかったら、あの後真汐ちゃんと日夏は二人きりで幸せな時間を過ごせた?」

胸が締めつけられ、日夏は空パックを畳に置いて空穂の頰に指先を当てる。

「そんなこと気にしなくてもいいのに」

習慣と言うべきか天性と言うべきか、日夏はほとんど何も考えず空穂の頰を指先でくすぐる。空穂が上げていた顎を下げ愛撫を受け入れる態度を示すと、ああ、また始めてしまったとわれに返ってどうしたものかと迷うが、直前の空穂のことばがいとおし過ぎて肩に腕をまわさずにいられない。転んだせいか空穂からは土の匂いがして、いつもよりいっそう小動物を抱いている心地になる。小動物の頬や顎に指先をすべらせ優しく叩いたりしていると、空穂が日夏の手の甲に自分の手をそっと重ねる。

「わたしが高等部で編入して来なかったら、真汐ちゃんと日夏は素直に愛し合う〈夫婦〉でいられた？」

日夏は指の動きを止める。

「あんたがいてもいなくても何が起こったかなんてわからないよ。どんな夫婦だって友達だって永遠に変わらず一緒にいるって保証はないんだから」

さとすように言うと空穂はしんみりと頷く。

「うん。わかってるんだよね。わかってるんだけど、わたしはすぐ忘れてまたおんなじこと思っちゃう。ほんとにはわかってなくて、まだ夢を見てるのかな？」

どうしてこんなに可愛いことが言えるんだろう、と思うと日夏は空穂にさらに顔を寄せずにはいられない。すると日夏の唇の三分の一ほどが空穂の頬につく。空穂が少し顔を日夏の方に向けたので唇半分が空穂の頬で覆われる。そうなると唇をそっと押し出したりやわらかい頬を軽く吸ってみたりして愛でたくなり、空穂もそれを受けて陶然と目を閉じるのは当然過ぎる流れで、空穂の家で二人きりになるとやっぱりこうなってしまうか、別に悪いことをしているとは思わないけれど、伊都子さんがわたしにやきもちを妬いているのを知るといくらかは遠慮が生まれる、監視カメラが備えつけられているわけでもないだろうに、などと考えながら愛戯を続ける。

空穂がまた尋ねたのは小休止の折りである。

「真汐ちゃんとはこういうことしないの？」

たじろぐよりも、まっすぐな問いかけに微笑を誘われる。

「しないよ。あの子はそういう子じゃないから」ついでに突っ込んでみる。「何？　色じかけで繋ぎ留めろって言うの？」

「そういうわけじゃないけど」空穂は目を伏せる。「じゃあやっぱり日夏とわたしがやってることとって色ごとなの？」

言われて日夏は自分が「色」というきわどいことばを口にしてしまったのに気づくが、言ってしまったものはしかたがないので潔く認める。

「そうだね。色ごとの範疇に入るね。考え方にもよるけど」

「だったら……」

空穂は言い澱む。どこを見ているのかわからない目をして、唇を少し開いて声を出さないまま止める。空穂のことばを待たないで他の話を始めようか、と日夏は考えるが、考えているうちに空穂は言う。

「色ごとなんだったらキスなんかもするんじゃないの？　唇と唇の」

いつか話題に上るかもしれないと思っていたことだから、日夏は動じることはない。

「したいの？」

「わからないけど、普通はするんじゃないかなって」

「普通だからって別にわたしたちがしなくてもいいんだよ」

「日夏はいやなの？」

「いやじゃないけど特別したいとも思わない」

「わたしはしてみたい」

目の端で窺うと空穂が大まじめな顔つきだったので、日夏はこっそり笑いを嚙み殺す。

「そんなにいいもんじゃないかもよ」

「その場合の覚悟もしとく」

「……どうしようかな」

もったいぶっているのでもなく焦《じ》らしているのでもなく、ほんとうに日夏は迷っている。キスをしたからといって空穂が疑似恋愛状態に嵌まり込む心配はなさそうだけれど、まぎらわしい行為ではあるし、そもそも大して好きでもなく強い欲望も起きない行為だから、してしまうと気持ちの上で落ちつきが悪いだろう。視線を泳がせると畳の上の弁当の空パックが目に入る。みすぼらしい物が天井の電灯に煌々《こうこう》と照らされて、ますますみすぼらしく滑稽に映る。初めてのキスがコンビニ弁当を食べた後空パックの横でなんてことでいいの、と空穂に指摘しようとした時、日夏の唇はしっとりなじむやわらかな物に覆われる。

空穂でも積極的になれるんだ、と知って日夏はまずは感心する。嫌悪もないけれど喜びもないのはかつて弓道部の女の先輩の相手をしていた時と変わらない。サービス好きの性《さが》が発動しそうになるが、空穂がどういうことをして来るか興味深いので日夏はあえて衝動を抑える。空穂は急ぐことなくゆっくりと唇を動かすともなく動かす。唇を尖らせて硬くしたり、ふっくらさせたまま押して来たり、唇で唇を挟んだりするのは、いつも日夏が空穂の口以外の所にしていることを真似ているのだろう。緩急のつけ方がなかなかいい。まあ教えたのはわたしだけれど、と日夏は教え子の成長に目を細める教師の気持ちになる。さすがに舌を入れようとはして来ない、と思った時空穂の口が離れる。

「わたし、へた過ぎ?」

あまりにも日夏が無反応なので不安になったらしい。日夏はまた心の中でだけ笑う。

「今のうちからあんまりうまくなったら将来恋人とキスした時びっくりされちゃうよ」

「気づかれないでしょ、こっちから何もしなけりゃ。今の日夏みたいに」

露骨に不満を表わす空穂に、日夏は今度は顔にも笑いをのぼせる。

「ごめん。よかったらもう一回やってみて」

「バカにしてるでしょ？」空穂はすねて横を向く。「もういいよ」

「ごめんって」

日夏が空穂のこめかみのあたりの髪を撫でると、空穂がくるりと頭を回してその手に頭突きし、そのままの勢いで再び口をつけて来る。突然運動神経がよくなったかのような、空穂に似合わないスムーズな動きに虚を衝かれ、日夏は何のかまえも企みもなく素で受け止めて、空穂の唇使いにまっとうに応え始めてしまう。本来の奉仕者としての性《さが》に立ち返るのにもそう時間はかからず、さっきは休んでいた手も空穂の頭やうなじや背中を這いまわり、空穂の唇が開くと迎え入れるのを待たず自分から舌を差し入れて行く。すると空穂の方は見る見るうちに間に合わせの能動性を失い、こちらも本来の従順な受け手に戻る。

ほとんど自動的な作業ではあったけれど愛情も誠意もこめたつもりの日夏は、空穂は楽しんでいるだろうかといったん顔を遠ざけて見ると、微笑んだ日夏に応えて空穂も嬉しそうに笑う。

「気がすんだ？」

「もうちょっとしてたい」

ここから先の話は後に聞かされた事実を物語らしく語り直したものである。

空穂の求めに応じて三たび唇を合わせた時、熟年の女性の声が轟いた。

「何をしてるの？」

和室とダイニング・ルームを仕切る引き戸が開かれ、伊都子さんが目を見開いて自分の娘と日夏を見つめていた。

「何をやってるの、あんたたち」

伊都子さんの声にはビブラートがかかっていた。日夏だってうろたえずにいられるわけがなかったけれど、とりあえずゆっくりと空穂から体を離そうとした。ところが空穂の腕ががっちりと日夏を捕えた。空穂は母親に向かって尋ねた。

「何？　今日夜勤じゃなかったの？」

何もうしろめたいことはないと主張するかのように空穂が日夏を抱擁したのは一つの賢明な判断だったと思う、伊都子さんに対してどれだけ効果があったかわからないけど、と後日日夏はわたしたちに語った。

「夜勤じゃなかったのよ。別の日に調整することになって」

伊都子さんが律義に答えたのも動揺していればこそだったかもしれない。すぐにまた日夏に向かって追及を始める。

「何してたの？　あたしの家で何してたの？　うちの子に何してたの？」

「別に。遊んでただけだから」

そう言った空穂は初めて見せる大人びた身がまえで庇うように日夏の体に腕を回していた。

「日夏は帰っていいよ」

日夏がためらっている間に伊都子さんは空穂の足のテーピングに目を留めた。

「あんた怪我までして」

「帰って」

空穂は日夏を押しやる。なおもどうすべきか決められない日夏を伊都子さんは見据えて声を押し出す。

「うん、帰って。あたしの家から出て行って」

日夏は立ち上がり鞄とゴミの入ったビニール袋を手に持つ。引き戸の所に仁王立ちする伊都子さんに頭を下げ、横をすり抜ける。空穂の声が追った。

「日夏。大丈夫だから。心配いらないから」

空気を伝わって来る伊都子さんの体温が熱かったそうだ。

停泊せず

空穂が大丈夫と請け合ったところで大丈夫ではすまないことは容易に予想がつきはするけれど、ずっと〈わたしたちのファミリー〉を見守り楽しんで来たわたしたちにとってはやはり無念と言うほかはなかった。あの朝空穂は登校せず、かわりに伊都子さんが憤怒の形相で現われて職員室に入って行った。たまたま目撃した磯貝典行は「女格闘家みたいな気迫をみなぎらせていた」と井上亜紗美に話した。日夏は校長室に呼び出され午前中いっぱい教室に戻って来なかった。午後になって戻って来たかと思うと無言で鞄を取り、問いたげに近寄った真汐に「自宅待機しろって言われた」とだけ告げてさっさと教室を出て行った。

翌日には空穂も日夏の母親も校長室入りし、事態はいよいよものものしい様相を呈した。三日目には学校の職員に縁故のある者の口から伊都子さんの訴えの内容が洩れ始め、わたしたちも伊都子さんが日夏に娘を誘惑されみだらな行為をされたと主張しているのを知った。むろんわたしたちには「誘惑」とか「みだらな」というありきたりな表現が実態にそぐわないであろうことが推測できたし、かねてから空穂が日夏を慕っているのに嫉妬していた伊都子さんが今回の件で憎しみに近い感情を抱いたのであろうことも想像がついた。

空穂と日夏のいない教室でわたしたちはやきもきしながら続報を待った。

「空穂と日夏の話も聞くんでしょ？　だったら合意の上だってわかるから重い処分は下されないんじゃない？」

「生徒手帳には不純異性交遊は不可と書いてあるけど同性間だとどうなるの？」

「異性間のと同じような扱いかな？」

「今どき同性交遊だからって処罰が厳しくなろうもんなら抗議の署名集めるよ」

「女子の署名は集まるだろうけど男子はどうかな？　わたしたちのこと嫌いだから」

「少しはもらえるでしょ、心ある男子から」

真汐は空穂にも日夏にも携帯電話でメールを送ったけれど、どちらからも返信がないと言った。真汐は不機嫌そうというよりは力のない曇り顔で過ごしていた。わたしたちは空穂や日夏の家にずかずかと押しかけて行けないように、真汐に何を思っているか尋ねることもできなかった。

四日目になると先述の事情通から、学校側はこれまで素行も問題なく成績も上位の日夏に厳しい処分を下したくはないが伊都子さんがかなり強硬に処分を求めていること、また処分するにしても同性交遊が問題になった前例がないので学校側は苦慮していることなどの情報が伝えられた。同時に、問題とされている行為が実はそれほど大したものではないらしいということも。わたしたちは囁き合った。

「普通の大人の言う『大したものではない』ってどの程度のことだろうね」

「キスくらいならこの学校、男子も女子も相当な数を処分しなきゃいけなくなるよね」

「わたしたちにとっては縛って鞭打つのだって大したことじゃないよね」

「妄想だけで実体験ないけどね」

処分が決定したのは翌週になってからだった。例の通り情報は事情通から一日遅れでもたらされた。結果は無期停学というもので、これは普通なら自主退学の勧告を意味するのだけれど、今回の場合は日夏を退学にしたくない、また同性交遊だからといって処分を重くしてリベラルな考え方をする人々から非難されたくない学校側の彌縫策《びほうさく》であって、今は「娘を変質者と同じ学校に通わせたくない」と鼻息荒い伊都子さんの怒りが後日もしもやわらいだら停学を解きたいとの意向だそうだった。その決定にわたしたちが納得できるわけがなかったが、まあ世の中はこうしたものだろうか、と諦め半分で受け止める部分もあった。

日夏の停学が決まっても空穂は学校に出て来なかった。伊都子さんが登校を許可しても本人が来にくいのは察せられた。金曜日の始業前、真汐は日夏と空穂にメールを送った。二時間目が終わった後の休み時間、振動した携帯電話をポケットから取り出した真汐はモニターを見て「日夏だ」と言った。小さな声だったがあれほど気持ちがにじみ出した声音を現在に至るまでわたしたちは聞いたことがない。メールに目を通した真汐は「わたしは大丈夫だから空穂のケアをしてあげて、って」とわたしたちに伝えた。「あの人は心配されるの嫌いなんだよね」と呟いて携帯電話をぱたりと閉じた真汐に、「真汐を心配するのが楽しいって人だから、逆に心配されるのに馴れてないんだよ」とわたしたちは言った。真汐は「そうだね、きっと」と苦笑いとともに認めた。

その日の放課後、真汐と何人かが学校の最寄り駅の物陰にひそんでいる空穂を見つけた。空穂は私服姿だった。その場にいた全員が大声を出したり駆け寄ったりすると空穂は逃げると思い、真汐が片手を差し延べながら先頭に立ってゆっくりと近づいて行った。真汐に手を握られると空穂はぽろぽろと涙をこぼした。ずっと伊都子さんに外出禁止を言い渡され携帯電話も取り上げられていた、学校へ行くお許しが出ても自分と自分の母親のせいで日夏がたいへんなことになったのでみんなに合わせる顔がなかった、ここ数日は制服を着て家を出ても途中で私服に着替えてあちこち徘徊していた、家出したい、と泣きながら話す空穂を真汐が抱きしめた。

誰も空穂に対しては怒っていないとみんなでひとしきり慰めた後、真汐以外の者は真汐と空穂を〈ファミリー〉水入らずにするため散った。真汐と空穂は山下公園に行き、日夏を呼び出して〈ファミリー〉三人集結し、しばらくベンチにすわって時を過ごしてから中華街で肉饅頭を食べて別れたということだ。

山下公園で三人がどんなことばを交わしたかは想像するしかない。おそらくこんなふうであっただろう。ベンチに腰かけた真汐と空穂の前に目元にかすかな笑みを漂わせて日夏が立つ。真汐が「出て来られたんだね」と言うと、日夏は「監禁されてるわけじゃないから」と笑う。空穂が俯いて泣き出したのに気づいた日夏は、ベンチにスペースがなかったせいもあって空穂の膝の上にすわり、俯いた頭を抱いて「大丈夫だから」と繰り返す。空穂が涙を拭いて顔を上げると「こんなところ見つかったらまた怒られちゃう」と言って腰を上げる。空穂は「伊都子さんが日夏とは会っちゃいけないって言ったけど、そんなの従うわけないよね。いつだって会いに行くよ。小さい頃みたいに帯で繋がれたままじゃないし」とやっと言う。

真汐と空穂がベンチの両端に寄ってつくってくれたスペースにすわり直し、日夏は話す。母親は校長室であきらかにされた以上のことを尋ねることもなく蒸し返すこともなかった。初めは物思いに沈んでいた父親も今週になって「おまえがおまえの良心に恥じるところがないなら、おれたちはおまえの味方だ」とテレビ・ドラマに出て来そうなかっこいい科白を口にした。関西に住む兄には知らせていないので、家族への関心の薄い兄はたぶん一生事件を知らずに終わるだろう。問題は姉で、母親から概略を聞き出すと、案の定「あんたが人の道を踏みはずすような子だったなんて」「家族全員が変な目で見られるのにどうしてくれるの？」「お母さんに心労かけたのをどうやって償うの？」と責めたてた。姉も含めて家族に迷惑をかけた点については事実なので口答えしないでおいたけれど、「人の道を踏みはずしてなんかいないけど」とは言い返した。すると姉は「人の道を人の道とも思わない鬼っ子」と、古風なことばでさらに非難して来た。

空穂は、伊都子さんにはほとほと愛想が尽きた、お互い黙って家事分担はしてるけどずっと口をきいてない、伊都子さんが患者に暴力をふるって刑務所に入れられたとしても絶対面会になんか行かないし身元引受人にもならない、これ幸いと縁を切る、今すぐにだって切りたい、大学になんか行かなくたっていい、もう独立して働き出そうかと考えている、と思いをぶちまける。「大学は行かせてもらっといた方がいいんじゃないの?」と日夏が理性的に言い、真汐も「伊都子さんと離れたいなら学費と生活費が安い地方の国公立大学に進んでバイトと奨学金でやって行く手があるね」とアドバイスする。空穂は「日夏と真汐ちゃんはどうするの?」と尋ねる。日夏は「考え中」と答え、真汐も「考え中」と倣う。ついて来るな、自分の道を行け、と言われているのだと空穂は理解する。

「うちの姉と伊都子さんと一部の先生はわたしをレズビアンだと決めつけてるの。わたしの実感とは違うんだけど」日夏は違和感を口にする。「もしかしたらこの先自分をレズビアンだと思う日が来るかもしれないけど、それはもっといろんな経験積んでからのことでしょ。ありがちなことばで今決めつけたくないんだよね。でも、あの人たちは世の中にはレズビアンとレズビアンじゃない人の二種類しかいなくて、その二種類がくっきりきれいに分かれるんだと信じてるみたい」

「単純過ぎるよね」真汐が言う。「うまく説明できた？」

「ううん」日夏は首を振る。「むきになってレズビアンとは限らないって否定するのも自分をレズビアンと認識する人たちに失礼かなって思うから、もういいやって。誰がどんなレッテルを貼ろうがわたしはわたしなんだから、好きなように思わせとくことにした」

真汐は自分の母親が困惑した、かつ真汐を刺戟するのを恐れる表情で「日夏ちゃん、どうしちゃったの？」と訊いて来たのを思い起こす。日夏が無期停学になったこともその理由とされることも知っている様子に見えたので、真汐は噂の伝播力に恐ろしさを覚えつつ「アクシデントみたいなことなんじゃないの」と安全な答を返した。母親が不安げに「あんたが巻き込まれることはないのね？」と問いを重ねたのはうっとうしかったが、努めて冷静に「ないよ」と言っておいた。うちは母子の間に心の距離があるからこの程度の話ですむけれど、家庭によってはもっと言いたい放題で予断と偏見に満ちた毒々しいことばが飛び交ってるんだろうな、と思い真汐は暗い気持ちになる。

藤巻さんは廊下で会った時わたしに「ぼくが言うまでもないことだろうけど、好きなやつのそばにいてやれよ」ということばをくれた。担任の唐津さんは日夏の処分が決まってからの最初の授業で、教室全体に不平と不信感がどす黒く燻《くすぶ》っているのに音を上げて、授業の終わりの引き上げぎわ「おれだって腹立たしいんだ」と吐き出した。事態を正確に捉えている者、日夏と空穂の性格を熟知している者は決して日夏を叩かない。けれども、限定された幸福なコミュニティを一歩出れば通じ合えない人々もたくさんいて、噂だけで気味悪がったり後ろ指を差したりするだろう。日夏の歩む先は当面茨の道になる。ただ、もっと広くて多種多様な人々の住む新しい場所に出てしまえば歩みやすい道が開けるだろう。そう考えて真汐は暗い気分をぬぐい去ろうとする。

「どうしてみんな日夏がわたしに手を出したって思い込むんだろう?」空穂が首をかしげる。「あの時はわたしからだったのに」

「それはやっぱり」真汐が応える。「見た目のせい?」

「だね」

日夏が頷き三人で少し笑う。笑いやむと潮の香が三人の鼻先にそよぐ。小さい頃から何度となく訪れて見飽きている港の風景を見ながら真汐は言う。

「港って旅立つ場所っていうより帰って来ないといけない場所みたいに思える」

「二度と戻らない旅立ちがいいの?」日夏が尋ねる。

「帰る場所を定められていない状態がいいかな」

「大学出て自分で稼ぎ始めればどこで何をするのも思いのままになるよ」

「あと五年くらいだね」

「わたし、二十歳になったらいろんな所に行く」空穂が言い出す。「SMバーにもレズビアン・バーにもハプニング・バーにも行って世の中と自分を探求する」

「お金かかるね」真汐が言う。「わたしなら普段の生活の中でお金をかけずに探求するけど」

「相手はどんな人がいいの？」日夏が顔を向ける。

「さあね」真汐は笑顔をつくって話を逸らす。「空穂がどんなふうになるか楽しみ」

「見に来てくれるの？　日夏も？」空穂がはずんだ声を出す。

「もちろん」「行くよ」と真汐と日夏が答えると、空穂はさっきの泣き顔とは打って変わってにこにこと笑みをたたえる。真汐も日夏もそれを見て、初めて空穂と出会って以来何百回目かわからないけれど、可愛いとまた感じてしまう。空穂に近づいたために起こったことすべてを後悔しないとは言いきれないけれど、きっと思い出すたびに悔やむことも反省することもあるだろうけれど、いとおしんだ記憶、楽しんだ記憶、快い感覚の記憶、存在に救われた記憶なども絶対に忘れないだろうと思う。改まっては何も言わないけれども。

そのような場面を思い描くと同時に、わたしたちはわたしたちで現実における〈わたしたちのファミリー〉の離散を覚悟し、紡いで来た物語を締めくくる心の準備を進めていた。もちろんわたしたちにもおのおのの人生があり進路があり受験勉強があり、自分自身のことをいちばんに考えてはいたが、日夏と真汐が仲よくなった頃から数えて足かけ四年の物語を最後まで見届けたいという気持ちは薄れることはなく、結末は苦みのまさったものになりそうだけれど、わたしたちがわたしたちのために語って来た物語なのだから、必ずそこにわたしたちにとって喜ばしい甘みが見出せるだろう、という期待は揺らぐことなくあった。

## 最愛の子ども

美織の両親が「役には立てないかも知れないけど一度話しに来ませんか」と娘を通じて日夏を招いたことは、「さすが」とわたしたちの間で絶賛された。美織の母親のお気に入りとはいえ、そんなに頻繁に会ってもいないし長時間にわたって話し込んだこともないのに、あんなスキャンダルの後に日夏を気にかけてくれるなんて、ほんとうに頭がやわらかく包容力がある人たちだ、とわたしたちは尊敬し感謝し、美織が「どうだか。アイドル応援するのと同じような気持ちなんじゃないの」と醒めた口ぶりで受け流しても、自分の親にもこういう親切心と行動力があればいいのにと思い、羨まずにはいられなかった。

玄関で日夏を迎えた美織は、日夏が案外さっぱりした顔をしているのに安心すると同時に、日夏は一人でも平気なのだということを見せつけられたような気がして少し寂しかったという。でも招きに応じてやって来たからにはいくらかは人を必要としてるんだろう、と考え直し、「元気だった?」と明るく尋ねながら久しぶりの友人をリビング・ルームに案内した。キッチンで飲み物などの支度をしている両親が入って来るまで美織は日夏に学校のニュースを伝えた。

「もう聞いた? 鞠村が孤立してるの」

「ほんとに?」日夏は驚いたようだった。

「恵文が図書館でマスクして目をうるませた鞠村が取り巻きもなく一人でいるのを見かけてね。恵文は風邪でも引いてるのかと思っただけだったんだけど、それからも一人きりでいるのを見るようになって。苑子に訊いたら別れたって話だったからそれで落ち込んでるのかと思ってたら、磯貝くんによると、鞠村に苑子を取られた古見って子が鞠村を殴ったらしいの。『つき合ってる間は蓮東に悪いから我慢してたけど別れたんなら遠慮はしない』って。すぐに鞠村一派による古見くんへの報復があるだろうと磯貝くんは息を詰めてたんだけど、手下連中がさあっと鞠村から離れたそうなの」

「それって前々からの鞠村への不満が表面化したってことなのかな?」

「そうなんじゃないの? 鞠村はいっとき見る影もなくしょぼくれてたよ。最近持ち直して一人でも胸を張って歩いてるけど」

「権力の失墜ってほんとにあるんだね。苑子は何か言ってた?」

「『強引に触って来る上に触り方がしつこいからいやになって別れた』って。鞠村が手下に見限られて一人ぼっちになったことについては『いいことばっかりは続かないよ。栄枯盛衰だね』って、相変わらず自分は全く関係ないってふうに」

「苑子最強」日夏は笑った。「大勢の男たちを従えた鞠村の思い通りにならないんだもんね」

「心が乏しければ乏しいほど強いのかもね」美織も笑いながら同意した。

美織の父親は紅茶とケーキを載せたトレーを、母親は紅茶のポットを持って部屋に入って来た。美織は日夏に「わたし、席はずそうか?」と尋ねたが、日夏が「いていいよ」と答えたので再びソファに腰を沈めた。

美織の両親も日夏に事件に関することはいっさい尋ねなかった。何も訊かないまま美織の父親が日夏に提案したのは、玉藻学園を自主退学し高等学校卒業程度認定試験で大学受験資格を得て、外国の大学へ進んではどうかというものだった。

「学校で英語とフランス語は習ったでしょ。幸いぼくはロンドンとパリとベルギーのブリュッセルとニューヨークに親しい友達がいて、きみが困った時には力になってくれるから、四つの都市のうちのどこかに住んだらどうかな。すぐに現地の大学に入れるほどの語学力はないだろうから一年くらいは語学学校に通うことになると思うけど、ゆっくりやればいいよ」

急な話に日夏はとまどっていた。

「外国っていいものですか？」

「合うか合わないか、楽しめるか楽しめないかは、その人しだいだし運しだいでもある。でも、とりあえず見聞きするものが変わるのは刺戟になる」

日夏が考え込んでいる間に美織の母親が話し始めた。

「わたし、大学の時に当時のアメリカのセクシュアリティ・シーンのルポルタージュ読んで、日本よりアメリカの方が性のバラエティが断然豊かだからアメリカに生まれればよかったと思ったわ。今は日本のセクシュアリティ・シーンもあの頃より多彩になってると思うけど。社会がそれを受け入れているかどうかは別にして」

「でもきみはアメリカには行かなかったよね」美織の父親が言った。

「うん、縁がなかった。もし若い頃にセクシュアリティ先進国に移住してたらどんな人生だったか」

「きみが日本を離れなかったおかげで日本のセクシュアリティ・シーンがより多彩にな

ったんだよ」

「そんな影響力あるわけないでしょ、地味な人生なのに」

「地味でも人は日常の場で近くにいる誰かに影響を与えるものだよ」

美織が両親の会話を止めた。

「人前でそういうやりとりはやめて。気持ち悪いし恥ずかしいし」

家族じゃなかったら二人はいったいどんなエロティックな行為をしたんだろうと好奇心をそそられるけれど自分の親じゃね、と美織は後でわたしたちに語った。夫婦の会話は日夏には響くものがあったようだった。

「今のお話を聞くとわたしも日本のセクシュアリティ・シーンの未来を担《にな》う者の一員だと自覚しますね」

「外国から戻ってまた担えばいいじゃない」父親が言った。

「親が了承するかな。姉はわたしを遠くに追放できれば嬉しいだろうけど」

「闘う価値もないものと闘うより、ひとまず離れた方がいいよ」母親も言った。

心を動かされた様子ではあったけれど日夏はその場では決断しなかった。日夏はやはり空穂と真汐の行く先を近過ぎず遠過ぎもしない所から見ていたかったのではないか、とわたしたちは推測する。

「向こうで大学まで出なくても、語学学校一年だけ通って会話くらいできるようにして帰って来るのでもいいと思うよ」

そこで美織が口を出した。

「ねえ、日夏にばっかり勧めてるけど、わたしだって外国行きたいよ。わたしも行っていい？　日夏の邪魔にならないように別々の国でいいから」

「あなたはあと何年か日本で勉強してから行きなさい」母親は有無を言わせぬ声音で命じた後、くだけた調子になった。「行くならローマね。わたしのいちばん好きな街。それ以外は許可しない」

「自分の都合で決めないで。わたしをだしにして遊びに来るつもりでしょ？」

日夏が明確な返事をしないまま訪問はそんな雑談で終わったのだけれど、帰りぎわ、門の所まで送って行った美織に日夏は笑顔で手を差し延べ、やわらかく、しかししっかりと美織の手を握りながら深い所から出した声で「ありがとう」と言った。握手するほど近い場所にいるのに、親しげに笑いかけてくれてもいるのに、日夏をとても遠くに感じて、美織は正常な距離感を失って日夏に吸い寄せられ倒れかかりそうになったそうだ。その時のことを回想しながら美織は「そんなことあり得ないんだけど、もしあの時日夏に『一緒に行かない？』って誘われたらロンドンにでもパリにでも魔界にでもついて行っちゃいそうだった。わたしの出る幕じゃ絶対ないのに」と話した。

その後は描写すべき場面はあまりない。

結果として日夏は美織の両親の勧めに従い、高卒認定試験に合格したらイギリスに渡ることを決めた。美織からそれを聞いたわたしたちは大学の夏休みか卒業旅行で日夏に会いに行こうと盛り上がったのだが、地方大学で自活するつもりになっていた空穂は「わたしも行けるかな。お金貯まるかな」と不安げだった。空穂は伊都子さんと日夏のこと、志望大学のことで口論してはまた口をきかなくなる生活を続けているそうで、「腹が立って勉強できない。わたしどこにも受からないかも」と嘆き、わたしたちから「しっかり勉強しなよ。日夏だって高認試験の準備や英会話の勉強がんばってるんだから」と叱咤《しった》を受けた。真汐はことば少なでイギリスに日夏を訪ねる計画にも乗って来ず、「イギリスは遠いね」と呟いただけだった。

十二月に日夏が高卒認定試験合格の通知を受け取った頃には、空穂は伊都子さんから好きな大学に進学する許可を勝ち取り、一応の和解を果たしていた。強気な伊都子さんも可愛い娘に憎まれいつまでも反抗され非難されるのには耐えられなかったらしい。ある晩食卓を立とうとする空穂を呼び止めて、鹿児島の大学には行かなくていいし、学費もちゃんと出してあげるから自活しようとなんてしなくてもいい、ただできれば家から通学可能な首都圏の国公立大学に入ってほしい、と言った。空穂は久々にご機嫌だった。「闘ったかいがあったよ。伊都子さん、日夏を無期停学に追い込んだことへの謝罪はないけど、たぶん後悔してると思う。まだ許したわけじゃないけど、ほんとうに許せるのは十年後くらいかもしれないけど、一応あんなのでも親だしこんなのでも娘だからとりあえず休戦する。それに都会に住んでないと、いろいろ探求するのが難しいし」

伊都子さんについては日夏はこう言った。

「最愛の子どもに手を出された伊都子さんの気持ちはわかるし、結果的に伊都子さんのおかげで外国に出る道が開けたんだから感謝もしてるよ」

正月に美織の家で催された日夏の送別会でのことばだった。空穂は首を振った。

「わたしは感謝なんてできない。もっと日夏と真汐ちゃんの近くにいたかったし」

「わたしとも？」真汐は微笑みながら驚いて見せ、話を変えた。「そういえば、先月一人でケヤキの所に行ったら、おんなじように一人でいた鞠村と出くわしたんだけど、一瞬緊張した顔を急にやわらげて『おまえだけは羨ましくないな』って言って来たの。どういうことって思ったら、次は『おまえは人に羨ましがられる性格じゃないから』って。全く何なのよ」

わたしたちが「確かにね」「真汐は得な性格じゃないもんね」「友達としては悪い性格じゃないけどね。ちょっと面倒なとこもあるけど」と鞠村に賛同していると、日夏が口を開いた。

「真汐はわりと気に入られてんじゃないの？　わたしも退学届けを出しに学校に行った時鞠村とすれ違ったけど、睨まれたよ」

「鞠村に気に入られてもねえ」真汐はぼやく。「羨ましがられない性格なのは認める」

わたしたちはそこでつい、日夏が「わたしは真汐を愛しているよ」という類のことを告げるのを期待してしまったのだけれど、もちろん日夏が人前でそんな甘々な科白を口にするわけがなかった。わたしたちの美意識からしても、そんな安っぽい場面をこの物語の中に挿し入れたくはない。ただ、欲望本位でいえば、〈夫婦〉の別れの前に日夏の真汐への、あるいはお互いへの愛情表明を耳にしてみたかった。

欲望を放棄し、わたしたちは送別会らしく日夏に質問した。

「ロンドンで勉強以外に何をしたい？」

「アイリッシュ・パブに行ってアイリッシュ・コーヒー飲みたい」

「十八歳でパブに入れるの？」

「向こうは大丈夫みたい」

「クラブに踊りに行ったりする？」

「行ってもいいね」

「日夏は踊れるもんね」

「でも自己流だから」

するとと真汐が言った。

「自己流でいてほしいな。既成のステップなんて憶えないで」

日夏は真汐にだけ向ける例の優しい目をして応えた。

「憶えられないよ、きっと。わたしも器用じゃないから」

そして一月の末に日夏は出発した。わたしたちは横浜シティ・エア・ターミナルまで別れを惜しみに出かけた。日夏の母親は日夏のために集まったわたしたちを見て涙ぐみ、日夏の両親の前に歩み出た空穂も泣いた。「泣かなくてもいいよ」と空穂に声をかけた父親の目も赤くなっていた。成田空港まで同行する真汐と空穂は日夏の両親とともにリムジン・バスに乗り込み、わたしたちは〈わたしたちのファミリー〉と現実の日夏の家族が二重写しになった家族像を不思議な気持ちで見送った。空港でどちらの家族からも抜け出して一人ゲートをくぐる日夏の姿が目に浮かび、やがてぼやけて消えた。

帰りにカフェに寄ったわたしたちは気の抜けた状態で椅子に身を投げた。「日夏はいつ帰って来るのかな」「最短一年、長ければ五年？」「でも水が合ったらもう向こうに住んじゃうかも」「あり得るね」「そうか、あっちで恋人つくったり初めてのセックスをしたりするのか」「何といっても外国だし、わたしたちにはできないような経験をするんだろうね」などとだらだら喋っていると、突然希和子が声を上げた。

「思い出した、日夏が自分のダンスのステップを何て名づけてたか」

「人間の尊厳を踏みにじるステップじゃなかったの？」

「違う」希和子は思い出せた喜びで恍惚としていた。「道なき道を踏みにじり行くステップ、だよ」

わたしたちはかすかな息をついた。「なるほどねえ」「ふさわしいね」「すてきだけどしんどそう」「そのステップでどこまで行くんだろう」「まずはイギリスに行っちゃったけど」などと話しながら、もう二度と目にすることはないかもしれない日夏と真汐と空穂が一緒にいた光景を思い返した。

その後日本に残ったわたしたちには一般入試があり、二月から三月にかけては入学する大学が順次決まって行き、三月の頭には卒業式が行なわれもしたのだけれど、そうしたことはこの物語の中では重要ではない。三月十一日に起こった大震災とわたしたちの心の乱れについてもここで語るのは場違いだ。わたしたちは〈わたしたちのファミリー〉とともにあったこの物語を締めくくるにあたって、今一度真汐の視点を借りることにする。

三月上旬のある日、自室の窓をあけた真汐は侵入した冷気に頰を刺されてすぐにまた閉める。今年はいつまでたっても寒い、と思うと志望校にも合格したというのに憂鬱になる。とはいえ、やはり受験勉強を終えた解放感はあって、前の日は横浜市内でいちばん大きい図書館に行った。すると恵文と美織と花奈子と郁子も来ていて、好きなだけ本が読める幸せに酔ってか、そろってとろんとした目つきで館内をさまよっていた。「こんなに簡単に会えちゃうと卒業した実感がないね」「ほとんどみんな自宅から首都圏の大学に通うんだし、これからも会おうと思えば簡単に会えるよ」「会おうとしなければ会わなくなっちゃうかもしれないけど」と言い合い、今さら日夏が遠くに行ったのを話題にすることもなかったけれど、一人になると真汐は日夏を思い出す。

今第一志望の公立大学の合格発表を待っている空穂は、見送りに行った成田空港で日夏に「わたしがバイトしてパソコン買ったらスカイプで話そうよ」としきりに言っていた。わたしは「体に気をつけて」と言っただけで、将来に繋がるようなことは一つも口にしなかった。なぜなら、わたしは日夏との別れに感傷的にならない程度には心を鍛え上げているからだ。おかげでよけいな感情は頭から締め出し受験勉強にも専念できた。でも頭が暇になった今、日夏がわたしにとってどれだけ安らげる存在だったか改めて感じられて、時々ではあるけれど胸が痛む。わたしは意固地で可愛げがなくていろんな人と衝突する誰からも羨ましがられない性格だから、これから何十年生きても日夏のようにわたしを面白がってかまってくれる人には二度と出会えないと思うけれど、日夏はいずれまた興味を惹くかまいがいのある人物に出会うだろう。そう想像すると嫉妬としか考えられない感情で胸苦しくなりもする。

まだまだ心の鍛え方が足りない、と反省した後、だけど、と真汐は考える。心を鍛えるだけでは幸せに生きて行くのに充分ではないのだ。いったいどれだけ賢ければ波風立てずに生きて行けるのだろう。どれだけ美しければ世間にだいじにされるのだろう。どれだけまっすぐに育てばすこやかな性欲が宿るのだろう。どれだけ性格がよければ今のわたしが全く愛せない人たちを愛せるのだろう。気が遠くなる。楽しいことばかりではない道が目の前に果てしなく続いている。

真汐は再び窓をあけ、再び冷気に頰を打たれる。そして思い出したのは、中等部の時こわもての教師への真汐の無駄な反抗を止めようとした日夏に頰を打たれたことだ。今となっては痛みも含めて甘酸っぱい記憶以外の何ものでもない。やっぱり五年後でも十年後でもいいから日夏に会いたい、という気持ちが湧き起こる。前のようには気にかけてくれなくてもいいから、話したい。笑い合いたい。あのしなやかな身ごなしに見とれたい。掌の上で転がされて気持ちよくさせられたり時にはくやしがったりしたい。叶うならまた一緒に何か面白いものを見つけたい。

――ああ、そうだ、山下公園で日夏とわたしは何年後かに空穂がどんなふうになっているか見に行くと約束したんだった。思い当たると憂鬱そうだった真汐の顔に微笑みがこぼれる。

わたしたちはいつか最愛の子どもに会いに行く。

解説

# 「わたしたち」が進む世界

村田沙耶香

知った瞬間から汚れている言葉というものがある。その言葉が存在しない世界に暮らしていた子供時代、「これは〇〇というんだよ」と大人から手渡されたそのときから、彼等の思惑や既成概念にまみれていた言葉たちのことだ。私にとって「女」という言葉がそうだったし、「セックス」もそうだった。そして「家族」という単語も、そうした言葉の一つだった。

大人になるということはそうした言葉を自分の力で洗ったり、解体して造り直したりしながら、自分にとっての真実を取り戻していくことだと思っていた。それはとても難しい作業で、一生かかるのかもしれないと思う。中でも一番手こずっているのが、「家族」という言葉だった。

自分だけではなく誰かがその言葉を使っているときも、汚れている、と感じることがある。様々な幻想や欲望、既成概念を纏いすぎていて、その言葉の本質が見えないのだ。

あまりに見えないと、その言葉は自分にとって透明になって人生から消えてしまう。本来は大切な言葉であるはずなのに、そのことをもどかしく、勿体なく思うことが何度もあった。

「家族」という言葉が難しいのは、肉体と直結した単語ではないからではないか、と考えることがあった。夫婦間にはセックスがあるが、ない場合もある。子供と親の関係を考えても、肉体以外の関係性のほうが鮮烈に浮かんできてしまう。だから、自分自身の肉体に問いかけてそこから糸口を見つけることができない。手ごわい言葉だと、ずっと思っていた。

しかし、それが浅はかで、間違っていたことに気付かされた。「家族」という関係性の中で肉体がどうなっていくか。この物語を読んで、自分の細胞が、歪んだ場所から正しい位置へと戻っていく感覚があった。

この物語の中心になる「家族」は、玉藻《たまも》学園の高等部、二年四組のクラスメイトである三人の女子高生だ。舞原日夏《まいばらひなつ》を「パパ」、今里真汐《いまざとましお》を「ママ」、薬井空穂《くすいうつほ》を「王子様」とした疑似家族は、彼女たち自身がそう名乗り始めたわけではない。語り手である彼女たちのクラスメイト、「わたしたち」が、三人を相手に妄想し、そう呼び始めたのだ。

「わたしたち」が特定の「わたし」が自分と仲間を複数形で示しているわけではなく、本当に「わたしたち」なのだと気が付くのに、少し時間がかかった。物語には、はっきりとこう綴られている。

「わたしたちは小さな世界に閉じ込められて粘つく培養液で絡め合わされたまだ何ものでもない生きものの集合体を語るために「わたしたち」という主語を選んでいる。」

いったん理解すると、この「わたしたち」という主語がとてもこの物語にふさわしいと気が付く。「わたしたち」は「もちろんわたしたちは現場にいたわけではないので、これは虚実まじえた想像上の場面である」「その胸中をわたしたちはこれまでの想像を踏まえて新たに創作する」と、極めて自覚的に、「目撃」した光景を妄想で膨らませながら、「わたしたちのファミリー」を見守り続ける。

わざわざ触れるべきなのかどうかわからないが、この設定を見てやはりどうしても思いだすのは『裏ヴァージョン』の中で昌子が書いていた、「まだ本格的に構想を練ってはいない」物語のことだ。昌子が「パパとママと王子様」と呼ばれる三人の女子高生の物語について語り、「もし将来本当にこの作品が書かれたら、書評担当者は右記のあらすじをご利用ください」と書かれているのを読んで、「本当にこんな本があればなあ」などと呑気に考えていた自分が、本当にこの物語の書評を書くことになるとは、夢にも思っていなかった。

昌子の言葉を引用するのがいいことなのかはわからないが、彼女は『裏ヴァージョン』の中でこう綴っている。

「疑似家族を使った方が、現実の、同じ家屋内に縛りつけられている家族の間で起こったのだとすればあまりにも息苦しくおぞましい出来事を描いても、陰惨な印象がやわらげられて読みやすくなるのではないか」

昌子が語っている通り、疑似家族である「わたしたちのファミリー」には体罰や近親姦（に近いもの）が発生する。それなのに、なぜか読んでいて、出来事や綴られる言葉の純度の高さに打たれるような、そのことで、身体の中で捩じれていた細胞が、ゆっくりと元の場所へ戻っていくような、不思議な感覚に陥った。「家族」という言葉を汚しすぎて見ることができなかった感情の揺れ動きや、家族という生きものに対する肉体の反応などを、徹底的に浄化された言葉で体験し直しているような気持ちになった。この三人の、安易に名付けることができない関係性の中に、何かの「真実」や「本質」を見ることができるような気がしてならないのだ。

時系列に沿って三人の関係性の変化を辿ろうとすると、まずは「夫婦」の出会いがあることになる。中等部の三年生に上がってクラスが一緒になった、日夏と真汐は、学校のホールで行われた来日留学生の修了式兼歓送会の出来事をきっかけに、「夫婦」と呼ばれるほど仲が良くなる。人前ではべたべたしないものの、真汐は日夏の「妻」、日夏は真汐の「夫」とみなされている。

「〈夫〉というのが具体的に何を意味するのか言える者は誰もいないけれど」

と「わたしたち」は言うが、それでも二人は「夫婦」なのだととてもシンプルに納得することができる。

夫婦である二人の間に、やがて子供である「王子様」が介在するようになる。高等部から学園に入ってきた空穂と同じクラスになると、二人は彼女に近付き、懐かせ、庇護し、躾をするようになる。

しかし三人の関係は、少しずつ揺れ動いていく。修学旅行で体罰が起きたこと。そのことによって「王子様」が何かに目覚め、触れられる楽しみに敏感になったこと。「パパ」と「王子様」の間に、淡い近親相姦的な関係が発生しはじめたこと。そのことで、「ママ」が孤独になり、二人と距離をとりはじめてしまうこと。

しかしこの三人の繊細な感情の変化が、少しもグロテスクではなく、むしろ純粋で真摯で、甘美にすら思えるのは、「わたしたち」に読者である私も感化されてしまったからなのだろうか。

あくまで「わたしたち」の妄想を交えた三人の関係を追いながら、私は改めて、「家族」の中での肉体というものについて、考えることになった。

彼女たちの肉体は、「家族」に対して誠実に反応する。例えば、本当の母親である伊《い》都子《つこ》さんに褌《ふんどし》を穿かされた空穂の家に集まり、空穂は真汐に体重を預け、真汐の腕は日夏にぴったりとくっついたとき、「日夏の体は甘く寛ぐ」。真汐は日夏が自分の頰を指で軽く叩いた動作を英語で調べ、「(子や妻に示すような) 愛情、優しい思い」という言葉に惹きつけられる。「触れられた頰にもとろけそうな喜ばしい感覚が起こった」と真汐は思う。大切な、信頼できる相手の前で、心地よく筋肉が弛緩すること。じゃれあった指先が性愛におさまらない家族としての快楽に満ちていること。誰かの体温の中を安堵しながら漂うこと。

私は「家族」という言葉を汚しすぎていて、そうした肉体の動きについてわからなくなっていた。たとえ疑似家族であっても、身体が相手を家族だと認識し、そうした反応をするなら、現実での関係性の名前がどうであるかなど関係なく、肉体にとってその人は「家族」なのではないかと思う。

もちろん、これらは「わたしたち」の妄想が紡ぎ出した言葉だから、実際に三人がどんなふうな肉体感覚の中で戯れていたのかはわからない。けれど、そうした言葉を必要とする、「わたしたち」の気持ちが、とてもよく理解できる気がする。語り手である「わたしたち」は、目撃者ではあるが、部外者ではなく、誰よりもこれらの言葉を必要としている少女たちなのだと思う。

「わたしたち」も、また彼女たちの妄想を交えて綴られる「わたしたちのファミリー」も、常に覚悟をしている。真汐は「生涯たった一人でも生きて行けるように心を鍛える」し、日夏は「わたしたち三人も同級生たちも、一生〈ファミリー〉などと言って遊んでいられるわけではない」と考えている。わたしたちは「わたしたちがわたしたちのために語って来た物語」の未来に、喜ばしい甘みが必ず見出せるだろうと期待し続ける。「道なき道を踏みにじり行くステップ」と自分のダンスに名づけた日夏に、「わたしたち」はかすかな息をつく。「しんどそう」という率直な感想をもらしながらも、この物語に描かれていない「未来」が薄暗いものには思えない。むしろ、希望を感じてしまうのは、彼女たちの言葉と、行動の選択が、常に誠実だからかもしれない。

沢山の快楽と不快がこの物語には詰まっているが、一番薄気味わるく印象に残るのは、鞠村《まりむら》という支配的な男子と苑子《そのこ》という他クラスの少女が「恋人同士がやるだろうことを一通りなぞっている」光景だ。この光景は、不快でも快楽でもない、「無」だった。道ある道を進んでいるつもりの人間こそ、一番難解な場所にいるのではないかと感じさせられる。

「わたしたち」の一人である美織《みおり》の両親は「道なき道」の先にこんな人がいたら、と憧れてしまうような存在だが、彼らはこんなことを言っている。

「地味でも人は日常の場で近くにいる誰かに影響を与えるものだよ」

読者である自分は、現実世界を担う破片でもある。目撃者でも読者でもない、この世界の当事者としての自分は、彼女たちほど誠実に言葉を探すことができているだろうか。

自分に問いかけながら、しかしそうして問うことができることに感謝したくなる。汚れていた言葉を、私は正しい形で、もう一度手に入れることができた。その言葉を明日からどうやって使っていくか、そしてどんな名前のステップで進んでいくのか。十年後、二十年後の自分は、どんな形をした世界の破片になっているのだろうか。ここから先は、目撃者の「わたしたち」ではなく、読者である「わたしたち」の物語なのかもしれないと思う。十年後、この物語を読み返したときに、今とは違う破片になっていたい。そのとき、この物語は私にとって、まったく違う意味をもって身体に入ってくるのではないか。そのとき、「家族」という言葉の本質に何があるのか、「わたしたち」は改めて知ることができるのかもしれないと思っている。

（作家）

（初出「文學界」二〇一七年六月号）

文春文庫

# 最愛《さいあい》の子《こ》ども

定価はカバーに
表示してあります

2020年5月10日　第1刷

著　者　松浦《まつうら》理《り》英《え》子《こ》
発行者　花田朋子
発行所　株式会社　文藝春秋

東京都千代田区紀尾井町 3-23　〒102-8008
TEL　03・3265・1211㈹
文藝春秋ホームページ　http://www.bunshun.co.jp
落丁、乱丁本は、お手数ですが小社製作部宛お送り下さい。送料小社負担でお取替致します。

印刷製本・大日本印刷
Printed in Japan
ISBN978-4-16-791488-2